碧空の遥か彼方へ

岸本嘉名男 詩・評論選集

コールサック社

岸本嘉名男　詩・評論選集『碧空の遥か彼方へ』　目次

Ⅰ章　詩篇

第三詩集『四季巡る』(二〇〇四年刊)より

第四詩集『めぐり合い』(二〇〇五年刊)より

Ⅲ章　詩論

解説

岸本嘉名男 詩・評論選集 『碧空の遥か彼方へ』

Ⅰ章　詩篇

白雲

空は青空
その一隅に浮かぶ白雲一つ
あの雲もやがては群をなし
そして産物として雨をもたらさんか

我いま恰も一片の白雲の如し
広い世界にその片隅に存在せり
社会の友よそのいくばくか集らん
そして一つの偉業をなさんや

緑なす樹木の上に
悠々として浮かぶ白雲一つ
あの雲は何処《いずこ》へ去りて
また心ある人の目にとまらんとするのか

A piece of White Cloud (Translated by K. Kishimoto)

The sky is blue,
There is a piece of white cloud there,
But soon another cloud may appear,
Then we shall have a serious result-rain.

I feel as if I were a piece of cloud in heaven,
And I am at one corner in the macrocosm,
Line up! some friends of country's,
Set, then, one great achievement!

Over the top of green hill,
Calmly a cloud floats in the sky,
Where does it go, disappearing from my sight?
And where shall we meet it again?

修業

詩を夢みる
美を追い求めながら
暑さのせいか
赤いポストがあえいでいる

けわしい蟬の鳴き声
パンツ一枚になり
女の裸体カレンダーをじっと見つめる

わが家《や》の犬が吠えた
暑さに向かってみんなが吠える
書いては消して
満足な一行がまだできない

孤塁

目には生気なく
頬といえばやせこけて
頭だけキンキンと
何かを求め何かを望み
世人の流れに棹をさして
独りわびしく瞑想すれば
日の光ギラギラと輝き
孤塁から逃れんと
窓外に思いを馳せど
炎天のあまりに炎天の
熱気にあおられて
畳の上に体をもてあます
何かに吠えたい訴えたいのに
森羅万象ことごとく我に冷たく
思いわずらいながら
なお生み出せない
ジレンマの午後

素晴らしき日よ

自称詩人甲子園へ
孤高の彼もたまに群衆を憧れ
大マンモスの一員となる
青　赤　黄　白　緑
色とりどりが
芝生と空とに調和して
一球一打に胸おどる
これだ　この意気　この若さ
この熱気にして　この呼応
大きな詩篇の中で
彼もまた孤塁を離れて
ドラマを楽しみ
素直になれた
夏の素晴らしい一日

里帰り

新幹線ホーム
ベルが鳴る
見知らぬ子供が一人
車窓から手を振っている

あと十分だ　十分経てば
同じホームに　妻子が戻る
盆の里帰り　元気であったか

やけに停車中のエンジン音がやかましく
背後から私の胃を襲う
斜め前方に
新大阪土地開発KKの看板がそびえ
これから生き抜く者たちへの無言表意シンボルと
　化している

「列車が入ります　ご注意下さい」

時間きっかり　ひかり号が
象のようにやってきた
私はすっと席を立つ
荷物を三つ
片手に子供を抱いて
懐かしい妻の笑顔
ホッとして先ず荷物を受けとった
がっしりと受けとめた

都会砂漠

息子よ
これが都会だ　見てごらん
無数の車と林立する高層ビルと
樹木のない街路
おまえは珍しいか
父ちゃんは吐き気がする
「父ちゃん　まるで砂漠だな」

息子よ
都会には何かが欠けている　分かるかい
人はたゞ黙々と歩道橋を渡り
空には彩雲も見えない
おまえは遊べないな
父ちゃんも詩《うた》が書けない
「父ちゃん　まるで墓場だな」

息子よ
おまえは都会で何を考える
ネオンと雑踏
狂騒と孤独
おまえはさまよいたいか
父ちゃんは休みたい
「父ちゃん　まるで地獄だな」

息子よ
都会の朝を知っているかい
疲れはてたコンクリートの装いと
かわききった空気の味
おまえは人が恋しいか
父ちゃんは家に帰りたい
「父ちゃん　早くかえろう」

恵みの中で

青々とした木立の
その青も色とりどりに
梢を思い思いの方角に突き出して
夙川《しゅくがわ》のせせらぎを足許《あしもと》に
高いのは　背後《うしろ》の
六甲山よりも上にありながら
どこか調和を保って
夫々に雨の喜びを共にしている

オアシス道路
かつて師と共に
初めて歩いたこの道が忘れられず
今日も一人で
散策を続けながら
心は妙にときめいて
樹木のにおうが如き精気に
圧倒されそうになる

香櫨園浜から
車の全く通らないこの道を
先程訪れた師との会話で
「よし、あの仕事をやりとげなくては」
はやる思いにかられつつも
海　山　川　緑　雨がおりなす
自然の協奏空間に
生きとし生けるものたちの
歓喜を満身に感じて
ひととき
既製自己の解体を
さかんに呼びこんでいた

公園にて

白い朝

雪の朝は別世界
薄白《うすじろ》の田畑《でんばた》は
貴公子の白髪頭《しらがあたま》か

ダルマに炭の目
兎に南天の目
ああ雪合戦のわが母校

人の起き出す気配さらになく
いつもの散歩畦道が
ちょっぴり昔を偲ばせた

朝の体操

向こう街路に陽が昇り
いつもの人がここに居て
手足うちふる朝がくる

夜露の草も起き上がり
燃え立つ昼を待ちかねて
冷たい風に葉がゆれる

ああ朝ひとときの躍動の汗
寒さと老いに立ち向かうため
背筋をピンと伸ばしきれ

はなやぎもなく自負もなく
たんたんとただ命あるを喜び
天地に自在の屈伸を続けよ

愁訴その1

いきいきとして
美しく生きて
詩的な人生を送らなければ

頭の中ではルートを描いているのに
実践がともなわず
なおさら意気も上がらず
惰性の日日が憎らしい

猛暑をしのいで
憩いのわが夏休み
昼のうたたねを過ぎて
はやる気持を一つに集中せんとするも
糸口が見つからず
ついつい甘える犬を連れ出し
いつもの散歩コースを行く
灼熱の陽ざしはなお強く

道に人影なく子の遊び姿とてない
あまつさえ犬も長い舌を押し出して
あえぎあえぎながら
わが心音と同じ悩ましさ

都会の日の出

まん丸い陽《ひ》が昇る
つい目の先の
高架近畿自動車道すれすれに
コンクリート会社の近代的な煙が
黒く横にたなびいて
その下を疾走車が行き交う
視界に全く人気《ひとけ》はないが
もうすでに都会の活動は始まっているのだ

私自身も
いつものように
朝日をまともに見据えながら
軽体操のおつとめである
やゝ肌寒い初冬の朝
キリッと引き締まる
私だけの厳粛なひととき
自由な公園があるから

目前に稲刈り後の
ひっそりと休息中の田圃があるから
こんな日の出の美しさにも気付くのだ

生きているかぎり

埋め立ての進んだ
香櫨園浜に
白いカモメが乱舞する
夢の人工島のすぐ横側に
黄色いモダンな船が停泊し
こちらの方はじっとして動かない
私の背後には
回生病院のトンガリ屋根が
六甲の嶺よりも高く空に突き出て
精一杯の強がりを見せている
どれもこれもユニークに
威風堂々として
小っぽけな人間の存在を嘲笑《あざわら》うかの如く個性的で
だが私は凡《ぼん》として再び
人々の群れに戻って行くのだ

私の冬景色

家の中の小さなあつれきを避け
冬の堤防を歩く

こゝでもゴミ袋がはらわたを出し
背の高い雑草はうすぎたなく枯れて
川にはたった一筋のにごり水
真向いの遮断機の鐘がしばし鳴り続き
右へ灰色の電車が
左へ鉄色の電車と交差

ふと川底に白さぎ一羽たたずみ
首をかしげて孤独をついばむ
私とて同《おんな》じか

愁訴その2

うち震える胸の鼓動なく
湧き出ずる感涙とて覚えずに
心は悲嘆にくれ
カナーンに背を向けた
幽閉の輩《やから》となる
つい此の間までは
イカロスの勢をえて
蒼天に羽ばたく黄金鳥のように
パイプ片手に悠然と
煙をくゆらす日日であったが
この屈辱この失意
なんたる明暗の変わりようか
ちっぽけな人間達の
嫉妬　裏切り　憎悪等を越えて
独り我が信ずる道を歩まんとするも
不定愁訴は日毎につのり
舞台の袖で

こぶしをにぎりしめながら
花道を行く者達を
きっと見据えている私

不惑の年に

くやしいけれど
あきらめて
嘆くことをやめました
たった一度の人生で
悔いがあってはいけません
人それぞれに器量あり
分相応に生きること
これしか道はありません
心を広く
自然のままに
だが決して風雨にはたじろがず
皆から慕われ頼られて
楽しい日々を目指します

確たる道へ

峠の向こうで
何かが呼んでる
確かに呼んでいる
急いで応じなければ取り逃がしてしまう

はやる心をおさえながら
本心を叩いてみれば
なんだそんなことかと
笑われそうな予感がして
他人《ひと》には言えないじれったさ
だが自分には忠実なこの道

嗚咽

白い雲が
どんどん流れる
最後の最後に
運に見離されてしまったのか
振り返ってみれば
いつも自分の意のままに
事が成ってきたようだった
助けてくれる人もあった
今度ばかりは
自分から働きかける力が出なかった
そのくせ
成ったときの空想もしていたのに
「カッと大きく眼《まなこ》をひらけ」
ふと叱る天の声がして
丘に鋭い春風が舞う
泣きじゃくる私心をなじるかの如くに

みつめよ

不器用な私は
逆境に陥ってはじめて
進む道を真剣に考え始める
誰に気がねもなく
自分の言葉を使って
思いのたけを表わすことができれば
それはそれで
人に受け容れられることもできよう
好き嫌いをはっきり言えず
人に負けたくない気性としては
虚構の世界に
自分をかけることしか
今はなす術もない

生きるに如《し》かず

忙しすぎて
あっという間に飛び散った
上昇気運
良きこと悪しきこと
人の噂もひとしきりだったようだが
とにかく
幸運の女神に見離され
春の祝宴はついに無かった
欲張らずとも
健康にして
家庭的にも円満で
我がしあわせの笑みを
周囲にふりまき
生きて生きて
生きるに如かず

遅いスタート

ただコツコツと
秒針だけが回って
機械的にめぐってきた新年
不惑の年です
夢を追って生きるのです
無為な時を貯めこんで
創造意欲を湧かすのです
手作りの詩をうたうのです
これしか楽しみがないのです

せめぎ合い

その気になれば
何事《なん》でもできるさ
妻がおり　友があり
美酒また横にありさえすれば
日常的にかこつことなど皆無ではないか
たゞたゞこわいのは
慢心　うぬぼれ　自信過剰
常に謙虚にしておれば良いものを
過去の私は
そんなことお構いなしに
飾らずに思いのたけを
特に目上の人達にぶつけてきた
そのせいかどうか
ときに反発さえくらい
持ち上げられることは決してなかった
運もまたついてはこなかった
我が意思と最高運とのせめぎ合い

人の一生は
かく自他とのせめぎ合いで過ぎて行く

意識の語り

泣いたり
ぐずったり
わめいてみたり
確かに孫は語りかけているのだ
あまりの性急さに
大人どもは
戸惑いながら
あゝかこうかと思い煩うが
つまるところ彼の意識どおりに
事が運んでいるのに気付かないでいる
言葉がどんなにか
ふざけ　いじわる　腹立ち
おべっか　よそゆき　へつらい
のそれらであろうと
意識とは全くうらはらであったりすると
聞くのもつらく
沈黙の方がまだましだと

ひとり合点してみるが　まあ
みどり子のように
全身これ意識とばかり
必死に語りかけるのにはやはり勝てない

生命《いのち》はじけて

走る走る
ひた走る子ら
湧く歓声大歓声
梅雨どきの曇り空だが
涼風も吹いて
青葉の丘をバックに
若者たちの股体がはずむ
年毎に燃えて
伝統を引き継ぐ良さが
逞しく生きる力を
しらずしらずのうちに培養し
かくて今日もこゝ枚方・香里丘に
無数の生命がはじけて
体育祭フィナーレ
さわやかな笑顔

憩いのひととき

横浜　黄昏《たそがれ》どき
海をみつめる
涼しい風がときとして吹き
水上船からは音楽も流れてくる
自然が身近にあり
平和で安全なら
人は落着き
寡黙なはずの人間でさえ
見知らぬ他人《ひと》に話しかける
低い空を乱舞するカモメ
犬も興奮して海中で懸念に泳ぎ
このひとときの感興を
周囲の皆《みんな》で咄嗟に楽しみながら
私は山下公園すぐ傍《そば》のホテルに泊まる

朝の釧路港

沖へ漁に出た舟が帰ってきた
無数のカモメが乱舞して迎えて
その舟に離れずについてやってくる
きっとどっさり獲物があり
ともの方で誰かが
いくつかを分け与えているのであろう
勝利の凱旋どきの気分と
共に生きるものたちへの愛の賛歌と

また一隻
この舟にもカモメが群がって
エンジン音を低くしつつ勇者のご帰還
同じような間隔で
またまた一隻
マストランプを付けたまま
朝がたの入港

目を幣舞《ぬさまい》橋の方に転じると
波止場に停泊中の船尾からは
朝餉《あさげ》の煙がうっすら舞いのぼり
まるまるとよく太ったカモメたちが
さかんにキーキーと鳴き合っては
縦横無尽に飛び交い
釧路港に朝がはじける
私の時計で七時ちょうど

ホテルの八階の部屋に戻り
窓から見る静の港風景も
凄い　倉庫の青いトタン屋根に
カモメの大群が羽を休め
さながら冬の残雪を見るが如く
心のなごむシーンが嬉しい

夢の穂谷へ

広報で「枚方の秘境」
の文字を目にしたとたん
「行ってみたい」
すぐにひとりで穂谷《ほたに》へ
なぜそんなに私をせきたてるのか
たしかに自然があり
野趣にみちている
明るい午後だというのに
人の気配がまるでない
都会の近くだから
人工美もないわけではないが
満開のコスモス畑の後に
関西外国語大学穂谷学舎の
りりしくモダンな建物が見える

ツーンと音がして
わが耳目をうたがった
こんな地から世界へ発信せんとする
息吹を印象付けられるとは

指摘

毎年ヒマラヤで
生の極限をきわめようとする
凄い詩人に出くわした
「詩らしきものでは駄目だ　もっと生きざまの
　言語リズムを吐き出せ」
「そんな偉大な体験は　この僕にはできそうにもない
が」
「君のそのちっぽけな殻を打ち破らないと」
確かにそのとおりなんだが
この躊躇こそが
頭だけの言葉遊びで終る原因《もと》だとは…
嗚呼

春望

風邪をひいたので
家で寝ておればよいのに
つい陽気にさそわれて
近くの大正川
堤防下の道を歩く
水の流れのゆったりしたところに
カモが五羽かたまって
陽なたぼっこをしている
少し離れたところには
子鴨もちょうど五羽
親から離れて
水面で
動かない
風はあるが
決して寒くはなく
喧噪を逃れて歩くのには丁度良いが
川床に枯れ荒《すさ》む葦も目についていて

じっと春の脈動を待ち侘びる

夏のひととき

いろんなベンチの向きがあり
そこで人は思い思いに楽しんでいる
大阪城公園のごく片隅で
約束の時間には
まだ一時間半もあり
昼食後の散歩を兼ねて
私だけのひとり空間をさがしつつ
大手門へつながる橋の中程までくると
青空に黄金色に輝くしゃちほこの
天守閣がポッと見えた
ここはまるで別世界
わが午睡夢とでも言うべき
イメージにぴったりなところ

あれほど必死に鳴き続けた
蟬の声がはたと止み
暑い最中《さなか》

本を読む人
昼寝をする人
駆け足で鍛える人
私とて日陰のベンチで
至福の自由を満喫しながら
思いがけない詩作のひととき
心なしか近くで甲高《かんだか》く
また元気な蟬しぐれ
飛び交う鳩の動作
意外とおおらか

雷雨でなく驟雨

むし暑く
どんよりと
重苦しい空から
ついに雨が降ってきた
グランドのサッカー人たちは
しばらくボールゲームを続けていたが
雨あしが強くなって
屋根のある小屋へと一目散に駆け出した
いつも見あきぬ穂谷の山村は
不動のままでこの驟雨に耐えている
私はといえば体育館下の大きな空間の中で
さきほど来の暑さと雨を避けながら
目の前のシーンを見つめている
向こうの畠をおおう
ブルーカバーがとても鮮やかだが
思い出したように
軽トラが一台畔道を通り過ぎて行った

それ以外には何のこともない

秋たおやかに

ふと窓外に目をやると
葉が枯れ始めた木の枝に
小鳥が飛び交い
やがて止む雨を予想してか
動きも速い
霞み状の山頂が
次第に輪郭を現して
紅葉の秋いまたけなわ
その日の夕刻
トリの群れが乱舞しながら
ねぐらをめざす
あのように楽しげに
明日の晴れを信じつつ
辺りの闇に明かりがつくころ
私なる父いまより帰る

オレンジ・ライン

紅葉《こうよう》の山がすぐそこに
新しい道を辿るのが好きで
今日は富田林《とんだばやし》のオレンジ・ライン
白菜・キャベツが
手の届くところに植えてあり
バラの木が一本風にゆれながら
それらをじっと見つめている
反対側、石垣上の麦ワラ柱は
端正ないでたちで誇らしげ
歓迎のゲイトをくぐると
坂道の両側にどっさり
豊穣なミカン並木だ
ほどなく龍泉寺
手入れも行き届き
日常の猛々しい心を
癒やしてくれる広い空間
ふと見上げた青空は高かった

待ちわびながら

格別の事でもないかぎり
来ないような所にいる
左に国会議事堂の
トンガリ屋根を見ながら
パンセの鋳像の横に腰をかけ
国立国会図書館正面で足を組む

夏は過ぎた筈なのに
残暑きびしい九月の半ば
確かに世の中便利になった
午前十一時に人と会う約束で
夜行バスにとび乗り
こちらへ着いたらまだ早い
仕方なくゆったりと
小鳥の鳴き声を聞き分け
たまに涼しい風によろこび
大きな緑《みどり》木《こ》陰《かげ》での瞑想ふけり

待ちわびる初老の身には
実に有り難いこと

穂谷再訪

どうして穂谷が私を惹きつけるのか
九月中旬　小雨まじりの午後
再び訪れてみると
屋根より高い傾斜の小径《こみち》が
見晴らしの良い畦道へとつづく
黄金色《こがねいろ》の稲穂が重そうに滴《しずく》を垂れ
背後の栗イガもたわわにしなり
丘にはミカンの青い実と
まだ色づかない柿の実とがぶら下がる
たしかにここには秋がある
竹林をわけ入ると
突然パーンと音がして
雀おどしの空砲と分かったが
こわごわ歩む
雨はなおしとしと
奥まった薄暗い竹やぶ道を行く
不気味さに一瞬たじろぐが

このほの暗さの感触こそ
穂谷の神髄とでもいうべきか
やがて明るい場所に出て一呼吸
小太りの黄色いヒマワリが
こちらを見て笑っている

雨やんで
ひき返しの竹やぶにも慣れ
あとは「ほたに小径」を気楽に一巡
人の気配こそずうっとしないが
空気は平らかで
まるでタイムスリップした
おとぎの山里を彷徨した心地だった

無心にて候う

香里ヶ丘に
このときとばかり
青春ロマンの太鼓が響く
人魂《ひとだま》をゆさぶる音だ
じっと秘めて
耐えて
鍛えぬいた身体と心
なじまぬ技《わざ》も気合いの一閃《いっせん》とばかり
空《くう》をきるバチ
はじけるリズム
集団の和が整いの美を生み
わが校伝統の良さに
また新しい
珠玉のページが加わって
今年も豊かな文化祭の幕引き

悠然として

追試の監督をかって出て
講義室の外に目をやっていると
近くで見る樹木の緑が
こんなに濃淡が違うのかと
ことさら感じ入るが
夏の陽射しがそんな木の葉をきらめかせ
風がまたしきりにそよがせる
ときにハスキーな大声が
女子ソフトの対抗戦らしい
別の方角からは
シャンシャンシャンシャンと
さかんな蟬しぐれ
目前には
笑顔のヒマワリ
その奥に穂谷の村が
山ふところに抱《いだ》かれて
どっしりとさりげないたたずまい

私の好きな構図だ

唯《ただ》 有難う

待ちかねた雪がふり
これで私なりの
「穂谷の四季」が出来上がる
きのうはマイ・カーを自粛したが
今年は噂ほどに積雪もなく
今朝《けさ》凍《い》てついた道を
定刻どおり愛車で駆ける
研究室から外を見ると
いつのまにか陽が山村に映え
段々畑には白いものは全く見えず
いつものように
穂谷は穏やかそのもの
この恵まれた自然環境のなかで
晩年を過ごせる私は
なんと果報者か

清純

「白山《はくさん》を望めば
清心を覚ゆ」
という揮毫が麓の
ホテルに飾られていた
素晴らしい自然と人間の共感は
さまざまな響きを奏でる

陽光に
輝く純白の雪嶺《ゆきみね》
それを仰ぎ見ながら
蛭《ひる》ケ野《がの》高原をズンズン下る若い人たち
夢・愛・美などに
純化される清い一日

初冬の朝に

通勤途上
淀川新橋をわたるとき
柿色の朝陽が真正面に見える
いましがた
浮世絵から出てきたかのように

今朝は生駒・飯森・交野の山並みがかすみ
たまたま黒い龍の形をした雲が
おおいかぶさろうとしている
赤と黒の相克の一瞬を
焼きつけておこうと
走行中の車窓から
必死に見つめる

大寒

雨がしとしと
じーんと冷える
大寒《だいかん》にみなふるえ
心の扉も閉じたまま
おりから校庭の
スイセンの群れが
けなげにも
薄白い花をなびかせ
ワーズワースの詩句ほどではないが
なごませてくれるのは有り難い
マスクで表情こそ見えないが
じっと見つめている君
笑顔を続けていよ

金剛山に語る日よ

嶽山《たけやま》を背に
龍泉寺入口から
金剛・葛城・二上の
山並みがくっきり見える
ここ大阪・富田林《とんだばやし》のオレンジ・ライン
一月末に白雪をちりばめて
眼前に金剛山《こんごうざん》がそびえ立つ
簡保の宿トロン温泉の湯船につかり
人はみなこの雄山を眺めては
昔から不変の有り様に
日頃の疲れを癒やし
愛着と敬意を表しながら
内省と抱負を語りかけるのだ
来て、見て、泊まり
ワイドな景観を堪能して
心は又の再会を期している
山ありがたし

碧空

年の瀬に
碧空に出くわした
北大阪に有る大きな公園で
真っすぐイチョウの梢がぐーんと伸びて
少しだけ残っている葉っぱが
風に吹かれて喜んでいる
孫の砂いじりを横目に
ふと見上げた蒼穹だったが
私もまたすうーと吸い込まれるように
素直な透明な心になって
雲ひとつない大空へ
思わず手を上げ背伸びして
このままでいたい
いつまでも

Kat

旅人

遠く遠く
陰惨な道が続いた
人だけが知る孤独な道だ
ふと子供の声がした
ふりむくと
こぶしの花が咲きこぼれ
小鳥がこずえでさえずって
蝶が宙に舞っているではないか
懐かしい少年の頃
友と遊んだふる里の
栗毬《いが》の痛さが今にうずき
勇気が出た
また進む
暗い気持は和らいで

木漏れ日のやわらかな林道を
足早に急ぐ旅人の
姿がもう一つ
先に見えた

ホエール・ウォッチング

一瞬風が凪《な》ぎ
海が黄金色《こがねいろ》に変わって
さざ波がキラキラ輝き出し
夢の別世界へ入ったような気がした
二艇でやってきた仲間達の眼が
固唾《かたず》を呑んで海面を見つめる
出た　背びれが　次に尾びれが
左舷の方角で歓声があがる
「誰か早く靴音をならして下さい」
船長が必死に叫ぶ
私に続いてN氏もT嬢も
何人かが床をコツコツと打ち続ける
今度は前方だ
やや高く鯨の巨体がすっと現われては消える
皆の目が一斉に注がれ
満足して　至福の時が流れた
「潮も吹いてや」

誰かの声が弾む
二度三度と船の向きを変えて
船長は鯨の姿を追い求め
私達も靴音を鳴らし続けた
五回程度の直視に成功
満足な一行は
天と海に感謝しつつ
白波を蹴立てて戻る余韻の向こうに
国後島《くなしりとう》がかすんでいた

東北ひとり旅

「雨ニモ負ケズ」と先詩に言うが
このいきり立つ雷《いかずち》と大雨の中
行き交う車ごとにしぶきを撥ねられ
一寸先が闇になること幾たびか
速度を減じワイパーをフル回転させながら
事故のないことを心から祈りつつ

——ふと思ったこと（冬の雪こそ知らないが）
かくスケールの大きな自然現象が
昔から人々を畏怖させ努力させ
肥沃な土地に美味米がとれメシがうまいこと
北の国はうたが尊重されて立派な
詩碑・歌碑・記念館が散在し
訪れる人の数も多いこと
歴史と人間の関係が滑らかに展開し
ここ陸奥《みちのく》の夏は豊かで風雅
広く楽しいひとり旅

付「ああ　松島」詩境
出船の汽笛　海鳥《うみどり》舞い追う
青い松島　巡りの湾に
赤い橋　白い船　波
人と島と　共感嬉しや
見よ清いふたりの　笑顔のささやき
夏真昼どき　吹きわたる涼風《かぜ》

葉山の海辺

くねった道を
海の匂いをかぎながら分け入る
ミンミン蟬が急に鳴き止み
天にトンビの声がした
うたた寝猫をすぐ横に見て
とある「海の家」の標識を合図に
ついに葉山の海岸に出る
目の前のバス停は「真名瀬《しんなせ》」
逗子行きが通り過ぎたところだ
人間ひとり幅の堤防階段を下《お》りかけると
子らのはしゃぐ浜辺の全貌が見え
すぐ沖の岩山に幾人かが立ち
私と同じ方角を眺めている
白い燈台が前で
後《うしろ》の赤い鳥居の向こうに
薄ら影の富士山が見えるからだ
こんな佳境の海で泳げないのが至極残念

昼休み後に詩の会合さえ続かなければ

＊

ピュー　ピューヒョロ　ピューヒョロロ
トンビが天翔《あまがけ》ながら
さかんに鳴く
蟬しぐれもやんで
われら詩人と号する者たちの
夏のセミナー最終日
ステンドグラスに陽が映え
地上では　あれは何だ
猫のさかりどきか
みなそれぞれにリズムを奏で
室内ではいま
顔を真っ赤にして
英国詩人が詩を朗読中

鎌倉湾

夏真っ盛り
汗が背中にほとばしる
風があるから凌ぎやすいが
長谷観音を拝んで庭へ出ると
湘南の海が一望できる
白波をけたてて
沖からつぎつぎ押し寄せる波
逆らうように小さなヨットが一隻
ただ一心に
帆走しているその上空を
あれはトンビかカラスか黒鳥一羽
さかんに羽をばたつかせて渡って行く
左方向入り江の奥に目をやると
ヨット群がカラフルにひしめいて
熱い陽射しを浴びながら
和気あいあいと
さも踊っている様子
『太陽の季節』だよと言わんばかりに

再会

バスに揺られ
岐阜県鷲ケ岳へ向かう
曇天だけれども山の稜線が見えるので
天気はさほど悪くはなるまい
今日は新しい高速の
やまびこロードに大型を連ねて
せわしくやって来ているが
奥美濃の山里に見えかくれする
桜はまだ生き生きと輝いて美しいけれど
あの青い橋赤い橋の架かる
長良川沿いの国道を辿らないから
どことなく殺風景で
詩情とても湧きにくい
川が大昔から人々となじみ
この地を潤《うるお》してきたかがよく分かる
やがてホテル眼前に
大日岳と残雪の頂《いただき》が迫り
白山がみえかくれして
数年前の清い日がよみがえる

雨の白樺湖

風がうなり前線が通り過ぎる
白樺湖が波立つのも珍しいという
中止のハイキングコースを
バスで車山《くるまやま》高原へ向かう
見晴らしは良いがとても寒い
小雨がちらつき
黒雲が頭上を走り
クマザサだけが一斉におじぎをくり返す
五月なのにモノトーン・ビュー
霧ケ峰方面にガスがかかり
元へ戻るビーナス・ライン途中から
まさに天気は七変化
一瞬の晴れ間の陽ざしに
湖面が白いうろこ状に光り輝いて
君はいよいよメルヘン調に可愛らしく見える
妙なる自然環境の恵みの中で
古来どれほど多くの人に愛され
いかほどの装いを見せてきたことか

福井の旅

昔の永平寺詣《もう》では
もっと風雅であったような
そんな印象が強いが
今日のように
大勢の人に交じって
ホテルのロビーでも歩く趣では
私にはしっくりこない
古ぼけた丸岡城の急勾配の階段や
一乗谷朝倉氏遺跡の
復原町並みの方が性《しょう》に合う
だだっ広い丘陵地帯を歩くと
寒風《かんぷう》が襟元を襲い
ガイド説明もこまぎれにしかきこえない
梢が朽ちかけの古木《こぼく》が一つ
そんな野景に
昔人《せきじん》のひもじさ
けなげさが偲ばれて

わが身とて贅肉落とし洗浄のときぞ

妙なるしらべと

天高くそびえ
関西空港に近い
竣工なったホテルで
弦楽四重奏による
モーツァルト
ボロディン
チャイコフスキーの
新春コンサートをきく
久しぶりに妻を連れ
高校同窓のメンバーと
バイオリンの快いしらべが
奥ゆかしいワインにマッチして
良き思い出の晩餐となる
長い人生の妙なる憩いの一日《ひとひ》とも

還暦同窓会

名も知らない
山のつらなりに
白い雨雲がたちこめて
まるで水墨画を見ているような
気持の良い朝風呂だ
ここ清流の里（岡山県）にしあわくらで
何年ぶりかで会った大学の学友も
言動と面影は変わらずに
今の生業《なりわい》談をしきりとくり返す
やがてみな旅路の果てへ
近づいて行くだろうに
そんなことなど
お構いなしに
当地の純自然は
いつまでもここに在って
後《のち》の世に受け継がれて行くのだ

釣り橋ゆらり

快く汗ばむ青空の下
枚方・穂谷小径《ほたにこみち》を散策し
くろんど池を経て
国道一六八号線沿い
交野《かたの》・星のブランコへ向かう
険しい坂道「ぼうけんの路」を
息を切らし喘《あえ》ぎながら
たもとに辿り着くと
地上五十米《メートル》の高さと聞くが
意外に大きな釣り橋が待ち受ける
連れの子供や犬も神妙に
それぞれ中程まで渡って来ると
風もないのに自然に揺れて
我が心も揺れて眼下の紅葉直視できず
「足腰丈夫なうちに又ここに立てるかな」
「高所恐怖症の私はもう沢山よ」
脱いだ上着をしっかり抱いて

復路はいささか慣れたのか
「あれはカエデかモミジのどちら」
妻が言うには「トウカエデ」
初老の二人が楽しめた
素敵な色香の秋景色

わがルーツ

前の国道はもう
行き交う車がけたたましい
早朝からゆっくりつかってきた
衣懸けの外湯はまさに極楽
こんな都塵に近い所で
池田・伏尾温泉は
快適だった

わがルーツは
五月山《さつきやま》を背景に
猪名川を目の前にした
絹延《きぬのべ》橋と摂丹街道とが交差する
その道路沿いにあったのか
姉たちがよく異口同音に
「父が大きな鯉をつかまえて」
弾んで話すのを微かに記憶している

休日ゆえに子等の姿は見えないが
細河《ほそかわ》小学校は彼女等の学び舎だ
運動場に鳩が一羽ヨチヨチと
赤目をキョロつかせながら
鮮色のさつき前を行く

そこから車で僅か数分余り
長姉が眠る久安寺墓所を経て
目指す宿・不《ふ》死《し》王閣《おうかく》は直《す》ぐだった

泰然自若

あご湾を見下ろす小高い丘に
このホテルは建っている
今日も雨が降り続き
定年間際の気楽さを覚えた私には
格別の感慨も湧かないが
けぶる湾内を見つめていると
真珠いかだが無数にあって
側に作業用のやかた舟がちらばり
たたずまいが静寂なだけに
人間の知恵や苦労が一層偲ばれて
馬車馬の如く過ごしてきたわが半世紀を
ふり返るひとときともなった
いずれにせよ優美な自然が
泰然自若として在り
その光景はどことなく
単調でもの悲しいが
わがこれからの人生を
垣間見たわけでは決してない

灯籠流し

十幾つもの
トンネルを抜けて
やっと一息の磯部温泉へ
今宵は運良く祭りの灯籠流し
僧侶達の読経テープに合わせて
次から次へと浮かんでは消えてゆく

しばらく経って花火の出番
夏空に弾《はじ》け、舞い、散り
終わりには水中花火だ
川面を生き物《いもの》が駆ける如く
砕けては背後に煙幕を靡《なび》かせ
碓氷《うすい》川とそれを愛でる人達との
静と動（死と生）の競演に堪能する
あと幾ばくかの我が人生よ
残り香を大いに楽しんで
完全燃焼するがよい

湧くがおもい

陽がのぼると
鳥や魚までもが
とびはねる
ここは長崎　五島　福江
ちょうど祭りの季節
若い男女がはねて
ねぶたが踊る

なんどもくねる
無数のバチが太鼓を叩き
地面をゆるがし
ゆったりと
次に威勢よく
湧いては消えて
人また明日へと希望《のぞみ》をつなぐ

風におう湖畔

宍道湖《しんじこ》前の
大きなホテルに泊まった
朝食のしじみ汁が美味しく
湖がごく身近に思われて
食後の散歩に出かけた
沖にはしじみ漁の小舟が幾つか並び
漁師が長い竹竿の先ですくうのが見える
私の横の同僚も無口で
それが却ってこの場にはふさわしい
ゆっくり歩いてきたが
湖畔のプロムナードがとぎれ
先はコンクリート壁のカーブ道
ふと眼下をみると
小さな貝殻が無数に捨てられひしめいて
人間社会の現実がここにも及んでいる

舞い戻りながら
淡い磯のかおりに気がついた
前方の湖面に目をやると
陽がさざ波にあたって
まばゆいばかり

スタート地点より
もう少し足をのばし
ハーン碑の直前に立てば
やや離れて耳なし芳一の彫像が
まるで碑を守るかのように
互いの心を見つめ合う
松の木立も側《そば》にあり
素朴な眺めに
におう風

鎮魂の浜辺

小魚《こざかな》が群れる
大きすぎるリゾートホテルに
隣接するシーサイド
今朝は格別に穏やかな波
その音を聞きながら
サンゴの残骸にさわっていると
突然に襲ってきた惨事が
脳裏をかすめる
二日前修学旅行の生徒をひきいる
仲間の一人がホテル前の国道を
ビデオカメラ肩にかついで
横切ろうとしたとたん
若い女性運転の乗用車と激突
頭を強打
二時間後には亡くなった

風が出て
陽だまりが恋しくなり
足許をコロコロと引き潮の
きれいな沖縄の砂浜をそぞろ歩きする
一瞬の死がもたらした
奥の深さをかみしめながら

平和の丘で

風冴えて
哭《な》いている

摩文仁の丘で
平和の礎《いしじ》を巡り
バンザイ岬の断崖
島守の塔を拝んだあと
ひとり広場にきて
この風に気付く

琉球王朝以前から
太平洋戦争末期の破壊
戦後の目覚ましい復興の姿を
ずっと見据えてきた風だ

海から丘へ
丘から空へと

駆け抜けながら
私の心を揺さぶったが
重い問いかけには即答できず
鳥肌の立つおもいをした
二十世紀終わり頃の
一瞬の出来事

四季巡る

空に山に道の辺《べ》に
春夏秋冬の
偽らざる変り様が
私の気持をせきたてかりたて
年甲斐もなくくろうばいさせ
ふと気がつくと
白髪さえ頭にかざし
悠久たる想いはかすんで
空虚なヴェールにつつまれている
名もない花の
純朴可憐な姿に
えも言われぬ安らぎを
感じた日もあった
人さまざまな思惑に
私自身の妄執を重ねて
「お互いの人生だから」
「私だけの人生だから」
と言い争いながら
いたいけな心は
容赦なく
時の流れに翻弄されている

春の予感

同窓の女《ひと》の
銀座の個展へ

客の出入りが頻繁で
好評ムードを直観した
私は「春遠からじ」が気に入ったが
今まで膝つき合わせて語ったこともないので
何も言わずに帰ったが
懸命に才能を磨いてきた姿勢があり
まだまだ続く遠い道のりに
「気」の一字を贈りたい

数日後のシャガール展
さながらサーカス会場成員のような
そんな錯覚にとらわれながら
道化の諧謔の中に辛辣な
人間賛歌の詩《うた》を見た

定年退職日

おだやかな陽ざしに
黄金色のシャチホコが
木立《こだち》の上に浮かび上がる
大阪城を眺めつつ
今日はめでたい定年退職日
いまさら感慨とて湧かないが
明日には新しい辞令も待ちうける
こんな幸運に恵まれて
わが晩年に悔いなどないが
「あの威容を誇る城郭に
君が人生をなぞらえ得るか」と
内なる声が気を引きしめる

再出発の春

すっきり晴れて
雲ひとつとてない
関西外大の時計台のふもと
ヒラヒラと
桜花舞うなか
女学生の群れが
弁当を広げながら
談笑に興じる昼下がり
緑木《みどりぎ》萌える春の佳き日に
ここ穂谷学舎にわれ立ちて
新しい人生再出発の幸せに酔う
ああ目前の山村はひっそりと静かで
各戸の屋根のみキラキラ光る

雨桜

せっかく早く咲いたのに
雨にたたられくすむ桜
一年前のこの時期は
手術は成功
喜びの生還だった
一体どんな処置が良かったか
癌という病魔にすっかり負けて
胸に点滴の管が突き刺さったまま
気ままな身動き一つできないで
長姉はついに息を引き取った
誰を責めるわけでもないが
母と比べて意外にもろく
無念の病臥だったろう
——春がくれば花見に行こう
——娘の待つ新居へ戻ろう
笑顔で語り合ったのに
今無残な桜の夢物語

さくら

花冷えとはよく言ったもの
私には厳しい寒さだが
公園の桜が咲いて
季節が巡る

五時間にも及ぶ
胃摘出の手術に打ち克ち
長姉は二十一世紀の死への
成熟期の門をくぐることになる
末っ子の私にとって
姉二人と妻と
三度目の手術だったが
皆それぞれに生への執念が
長寿への遠い道を切りひらき
まだまだ滅びの挽歌を聞かせない
意志の強さを教えてもらう

桜の木の下で
朝の体操をやりながら
首がスムーズに回るのに気づく
八割がた復調したようで
私自身の余生も
この咲き初めの可憐さを
忘れずに堅持して行きたい
天に感謝しながら

二科展へ

幼なじみの女《ひと》が
入選したからと招待券を送ってくれた
「幽閉」というテーマの白黒写真だったが
「アケルナ」と書いた扉の中で
閉じ込められた猫が
撮影者の心を見透かすように
目を輝かせ
片手をガラス戸にかけて
外へはむかう意気込みを見せている
その猫の背後には
作者の陰影がかすんで見えて
撮影者とネコと
どちらが幽閉されているのか
シンボリックな構図に
吸い寄せられて
見据えているのか
見据えられているのか
写真のかもす奥行きを知る

黒と赤の夕景図

トリが乱舞して
ねぐらへ帰る
こんなにも多くの群れが
さながら動く黒の兵児帯《へこおび》だ
かつて幼い私が父母と
着物姿で詣でた大きな社《やしろ》の上を
無数のトリが赤光《しゃっこう》の彼方へ
飛んで行った追憶に似て
幾度も夢中でシャッターを切る

やがて各戸に灯がともり
明日の晴天をかたく信じる
幸せな子等が秋宵《しゅうしょう》を過ごそうが
私には今カメラのほかに
慰めあえる者とてなく
残照の家路は遠い

無心に歩いて

優待切符で梅田まで行き
さて地下鉄に乗ろうとして
財布を忘れたのに気がついた
事情を話して借金するか
このまま舞い戻って出直しか
迷った末に歩いて行く決心をした
梅田新道、淀屋橋、天満橋、谷町九丁目
このコースをできるだけ斜めへと
ただひたすらに歩き始める
いつもなら直ぐ汗ばむが
今日は珍しく涼しくて
休日なので人・車の往来も少なく
裁判所横から松屋町筋へ
また斜めに歩き続け
「谷町四丁目」の電柱表示にでくわす
あと一息だ
腕時計で約五十分経過

一時間少しで辿り着けるかも
飲んだ前夜の駐車場まで
無心の行《ぎょう》となる
齢《よわい》重ねて六十五の秋に

光彩暮色

久し振りの大阪・天王寺公園
右方向スロープを降りて行くと
茶臼山・慶沢園は鬱蒼ともの静か

美術館地下の二科展会場へ
招待状をくれた人の写真を捜す
なんと「大阪市長賞」を貰っているではないか
写真歴十八年と聞くが
よくここまで頑張ってきたものだ

浴衣《ゆかた》を着た舞子さんが
所用あって飛び出すシーン
静から生へと弾む世界を
若い動作がかもし出す

館内の閉館アナウンスに
追われるごとく外に出ると

摩訶不思議
金色に輝く小雲群が
目の前にぱっと広がって
慶事を祝うかのように
空と梢の合間を鳩が
飛び交っている

人はそれぞれ
この光景にしばし佇《たたず》み
驚きや喜びの言葉のあと
三々五々に立ち去って行く

夕闇断想

あれは山ではない
真っ黒のながーい雲だ
生きてる者の行く手に見える
冬の夕闇直前の刹那空間
死を漂わせる絵図だ

何度も出たり入ったり
入退院に明け暮れる年月だったが
ガン告知を受けて八年後
母はついに事切れた
当時私も姉も妻も
みんな若くて懸命だった
悔いのない闘病生活を見守った

またひとり
こんどは実にあっけなく
同居の義父がこの世を去った

脳梗塞で倒れてから二十年
満身創痍の果てだった

二十一世紀を迎え
私にとっても何年か後
悲愴な時期が来るかもしれない
黒装束の空がそうにおわせる

LOVINGKINDNESS

天変地異のせいか
ダイナソアーが全滅し
その後幾千万年か経って
エチオピアのラミダス猿人や
ジャワ原人ピテカントロプスは
原始林のさらにその奥まった所で
「禁断の木の実」を食べていたろうか

「二十億光年の孤独」とうたった詩人の目は
実に二十歳の若さで
私より四十年も早くに
宇宙に向けられていたが
もとより人間の古い歴史が
喜怒哀楽すべてを乗り越えて
青い碧い地球を築いてきたのに
現代なおこの世に潜む怪物が
ポッポポッポと魔笛を奏で

戦争・飢餓・瓦礫で病める日に
「地上の楽園」ムードは色あせる

おーい　人間たちよ
想像は創造をかきたて
月や火星や宇宙の彼方へ
人工衛星やシャトルを飛ばしているが
見果てぬ夢また楽しいものの
汚染、温暖化、自然破壊と
かくままならぬ我らがすみかの
足元を蹴散らしたままでよいのか
人や自然へ尚一層の優しさを
慈愛こそ新世紀キーワード

夢の殿堂ついに成る

東の甲斐田門をくぐると
イメージは万里の長城
斜めに歩道がくねる
とにかく広い

二十数年風雪に耐えて今
学生クラブ館うしろに移植された
卒業記念樹のケヤキ、クスノキ、ヤマモモ
コガネモチ、アメリカハナミズキ
対面のグラウンド前には
メタセコイアの群れが
大空高くこずえを張り出して
世界へ羽ばたく関西外国語大学
その創設者の思いを受け継いで行く

のどかに立つトーテンポールを横目に
国際交流センターあたりまで
コロネードを縦横に渡ると
異国情緒が伝わってくる
緑や紅の安らぎエリアも散在し
東南の角　日本庭園は生命の水だ
大阪・住吉・万代池から絶えることなく
本学発祥の地をしのばせる

枚方・中宮の正門からは
右に谷本記念講堂
左に図書館・学術情報センター
中央に本館、その前噴水広場
この構築こそ　一生涯を
学園作り一筋に賭けた
男ロマンの大輪《たいりん》の花
ゆかりの人たちよ
ここに来て、見て、語れ
われらが学舎永遠《とわ》に輝けと

映画「ホタル」

若い特攻隊員の
死してのち生還への情念は
ホタルになって帰還するという
親子や故郷や
同期の飛行士たちとの
命をかけた絆の中で
人が支え合い
愛し合う優しさと
意志強く生き抜く気概とを
美しい情愛を通して教えてもらう

生きるとは
人を支え愛することか
いのちある限り
常に前向きに励みながら
ともに笑い、叫び、涙して
美しく、明るく、また元気よく
意志ある道を忠実に歩むこと

生きる

和尚の明澄《めいちょう》に合わせて
「南無阿弥陀仏」を唱和すれば
次第に邪念も薄れて
わが魂は虚空へと
さまよい行く

生きるとは
前に進むこと
連れと共に行くのです
未来を品定めするために

やがて私も妻も
あの世へ旅行きするさだめ
「誠心院嘉譽教道居士」
「清心院修譽法薩大姉」
生前授与戒名を懐に

亀岡・湯の花温泉

冬になれば
温泉とボタン鍋が恋しく
ここ亀岡ハイツにも何度目か
早朝　浴槽から
暗い外を眺めると
白い半月が出ている
ガラス窓すぐそばの立木は
しょんぼりと
じっと寒さに耐えてはいるが
梢はどれも広天をめざして
まっすぐ背伸びしている
まもなく夜明けの時刻
陽が昇れば
たちまち現実が
待ち受けていようが
よく働いた年の暮れの
今穏やかな憩いの湯です

めぐり合い

世の中に
偶然のチャンスは
いくらでもありそうだが
常に意識して踏み込み
自分のものに出来るかどうか
写真は偶然
詩も偶然
この偶然を生きること
そこに人生の快味また有らん
二科展入選Sさんの「日傘」から
そんなおもいをさらりと
傘を手に若い舞妓はん
笑みが素敵どすえ

反転のイメージ

「急ぐべからず」と古人は言うが
アド・バルーンを上げた私には
ゆっくりしている暇がない
日常的リズムを変えて
遠くに何かがあるようだから
それを求めて旅をする
日本の演歌は
北・冬・吹雪・灯台
つらい寒さが似合うのに

私は夏が好きだから
炎天の日射しに思いを寄せて
春三月はタイランド
いま南半球オーストラリア
一人サンゴ礁の海に酔う

アイルランド行

夏はとっくに過ぎ
中秋の名月も例年どおりだったが
今朝の分厚い暑苦しさが雨を呼ぶのか
窓のカーテンを揺るがし入ってくる
涼しい風がせめてもの救いだ

生まれて初めてのアイルランド行
コーク・シティで会ったK嬢の
均整のとれた知性美が
焼き付いて離れず
願わくば二人して聖地タラの丘に立ち
手に手をとって無辺の周囲を愛《め》でながら
両国の広大なスペースを一時埋めたいものだ

彼女とて『ケルトの薄明』に魅せられてか
いや文学を捨てての医学生だと聞く
遠く家族や知己らと離れ
独りかぼそい体軀で
ヒベルニア*の風に毛髪を靡かせながら
この異郷の地で医道に励むとは
何がそう駆り立てるのか
再会時にでも聞いてみよう

＊アイルランドを古語では「ヒベルニア」という。

知床序曲

盛り沢山な北海道・道東の旅
昨日《きのう》マリモ・エレジーを聞いた直後に
雄阿寒岳《おあかんだけ》に丸く大きな夕日が並び
おとぎ風　神秘的な光景の
印象が強く残るなか
今朝は生まれて初めて
馬の背にまたがって牧場を一回《ひとまわ》り
新体験に連れの男女の顔がほころぶ
なんとも成就感のある気分の良い日だ

午後はいよいよ
網走から知床ロードへ
白波けたてて海がうねる
海岸線に破船一つ仁王立ち
とうとうオホーツク海に出た
赤い鉄橋のかかるJR線路を左手に
右にはモコト・トーフツの湖までもが

ああ　この国道風情は
函館へ向かう長万部《おしゃまんべ》辺りにそっくりだ
去年の道南単独行の思い出がよぎる
あの酒場のママにも会いたいが

北浜無人駅を過ぎ
小清水原生花園では
小ぶりの赤いハマナス
黄色い月見草らが
心細そうに風にゆれている
厳寒時の姿を未だ知らないが
ふところの深いオホーツク海に
私は勇気と畏敬の念をおぼえつつ
近日に奥地探訪の誓いを重ねていた

杜《もり》の都

台風一過　抜ける青空
白い雲　みずみずしい樹木
自然のいきおいに背を押され
好奇心まる出しでスタートした

目指すは仙台城跡
午前プログラムの合間に
会場の宮城教育大学から広大な
東北大学敷地内に散在する
建物を左右に眺めながら
普段なら汗かきの私が
いくら急《せ》いても爽《さわ》やかで
時にそよ風を期待はするが
ひとりひそやかに歩く楽しみ
「何故一人歩きが好きなの」
周囲や自然と一体化し易いから
青葉城恋唄の片鱗にちと触れたくて

両側に緑葉茂るバス通りから
いわば裏道を歩《あゆ》んで来たようだが
戦禍を全く知らないおおらかさ
人工的でない野性美の魅力と
先哲伊達正宗公の偉大さも
城壁の坂をひたすら往復して実感

大型台風に追いかけられ
妻には盲腸四割の疑念があり
かかりつけの医師の診断によって
抗生物質で菌の繁殖を防ぎ
手術はなしでＯＫの言質《げんち》を得て
南東北学会への出張だったが
大過なく終始できた幸せを天に感謝

夕日思慕

窓から見える夕暮れの雲が
赤黄色から灰色へと変わり行く

二日前に訪れた宇治川べりを思い出しながら
匂宮と浮舟との逢引きは　このような
穏やかな日暮れからであったろうか

今さら初老の身には
恋なんて有り得ぬ筈だが
随分年下の美しい異性に憧れ
たまに恋心を抱くことも無いわけではない

かつて夕焼けに染まる
伊勢・二見ヶ浦の夫婦岩に手を合わせ
夫婦で無病息災を祈願したのち
引いたおみくじが「運勢大吉」
良い気持ちで宿泊地アメリカ村へ

急いだ旅はいつだったか
まさか数日前のことでもなかったろうに

友光亭

管理が行き届いて
豊穣なミカンがたわわに
一目見ただけでも美味しそうだ
われらが出身大学から初めての校長で
高校部・同窓会の創設者の所有物
今日は有志七人のグループで
南大阪・和泉丘陵大野へ
もぎ取ってはリュックに詰めながら
一息ついて試食してみる
甘い　みずみずしい
生ある物を愛《いと》しむ
心の宿る味だ
少し離れた所で
バーベキューの昼食会
奥さん息子さん総出の野外歓待
そばにこぎれいな小屋も有り
友光亭と名付けられている

晴耕雨読にぴったりな趣
燃料の豆炭が真っ赤に燃えて
分厚い金網の上で　肉　魚　貝　野菜等
一切のにおいは空中に消えて行き
薄日の奥へ煙りが流れ
天から椋《むく》の木の落ち葉も
楽しく風情ある集いだった

ギャラリーの辺《あた》りで

六甲の坂道を
登山帰りが通過して行く
私は狭いギャラリーには入れずに
外の小さな椅子に座ったまま
友達の来るのを待っている
顔を合わすなりかの女《ひと》の
感情の起伏を受けて
心をしずめながら

好意が煩わしく
ペースを乱さないために
防御したのかも知れないが
いや　展示の準備に没頭して
完成した配置の状態で
初日を迎えたい
プロ意識の叱責だったか

やきもきこそしたが
店の女主人の助けもあり
七、八十分の待ち時間を経て
我々同窓の有志による
個展前祝いの小宴となる
もう何のわだかまりもない
談笑一気に数十年前に立ち戻る

わが歌の発祥地

六甲山を背に
埋め立ての進む海辺で
なにがしかのエレジーを聞く
平家末路の昔より
水底のみが知る
このメロディ

若い頃泳ぎに来て
浜辺で貝をとったことも
懐かしさのあまり
寂《せき》として声が出ない
ただうつろに見渡せば
クレーンが乱立する合間を
ダンプカーがおもちゃのように
砂利を運んでいるのが見える
海からか　山からか
風に乗った軋《きし》り音

今日の悲歌《エレジー》はこのせいか

はるか地平線上の
雲間に色づく陽の光
悪魔の出現をにおわすような
黒ずみ赤らむ色彩の強烈さ
思わず私の足がすくむ
山手はただ今落ち着いて
回生病院のユニークな屋根
背後甲山の小さな丸みが
予期せぬ安らぎを私に

ものはみな　はるか彼方に　眺むれば
　思いのほかに　麗《うるわ》しきなり

凧への仮説

香櫨園浜に凧が上がる
子供天国　大人も混じり
正月の凧　ぐんぐん上がる
奴　六角　長方形　ゲーラカイト
無数の凧が寒天に生きる

水平線を船影一つ
けむりの行手摩耶山上に
弱い午後の日射しが
黒い小雲と陣取り合戦

人はみな
対比の自然から
凧の舞う空の方に歓喜を示し
堤防を駆け下りてくる

かくて凧は新しい自然界を造り
傍観者にたましいをふき込んだ模様

わがふる里ぞ

ふる里のない私は
青葉若葉の山が恋しく
うぐいすが鳴き
アユの小躍りする清流を求めて
かの武将山中鹿之助の眠る近くに
小さないおりを見つけた

都塵を離れ
清浄な空気を吸って
昔なつかしいトンボの舞う
ふる里への渇きを
いやせたのが実に嬉しく
我が子よりはしゃいで
灼熱の真昼間を
がむしゃらに歩き続けた

人には青春があればよい
おごり　たかぶり　むなしさ　せつなさ
そんなものはどうでもよい
素朴で陽気な心があればよい

初めて知った
自然との語らいが
私に真のやすらぎを教えてくれた
青春時代はとっくに過ぎ去った年齢で
自分が見つけたこのふる里で

自然と語る

時代が動き
山の中腹には
新興住宅がひしめき
溜息交じりの表情さえ窺えるが
せっかく麓に居るのだからと
山との対話をスタートさせた

相手は何も語らないが
こちらの気持次第で
調子良く向き合える日や
すぐに目を背《そむ》ける時もある

今日も別の私が
目に見えない所に
美しい物があればと
恵まれた職場の窓から
さかんに顔を向けている

無為空間

ひょうたん型落花生
栃木の産で美味しかった
手と口のみが機械的に動いて
堆《うずたか》く積もる皮の残骸

無性にわびしく
為すべき仕事も手付かず
考え事はまとまらず
ただ置き時計の異様な刻みと
頬のやつれが気になりだし
食べるのをやめたとたん
—to get on my nerves
こんな英語が口から出た
机上のミカンの色は
くすんだまま

川下鎮魂

川下の堤防は墓場か
自動車の残骸が重なり
真っ黒なカラスが亡霊のように
朝日に向かって吠えている
方角を変えて歩き続けていると
もっと大きな川の堤防に出た

安威川だ
そこには白鷺が舞い
小鳥のさえずりが実に晴れやか
救われた思いで足どりもはずむが
途中で「下水中央処理場吐口築造工事」
人間が生き延びるために
良き古里のおもいを
すっかり消して
一体誰がそこに墓標を打ち建てるというのか

春がまた

風はきついが
もう寒くはない
奈良の御水取りが済んで
明るい陽光を浴びたくなって
近くの大正川べりを歩くと
しだいに汗ばんでくる
あれはマガモかカルガモか
全身茶褐色のと
頭に色がついたのと
ちょうど半分ずつが入り交じって
総勢二十六羽
ゆったりと水面に浮かび
遊泳という表現がぴったりだ

彼らとて自然の装いが
昔ながらが落ち着くのだろうか
川床をさらえて
カラー石畳で美しい
人工的な所に目をやると
ちょうど白鷺が一羽珍しく
長い細い脚で突っ立ったまま
キョロキョロ辺りを見回している
ここはどこだと言わんばかりに

宇宙

広い宇宙に枠はある
だのに人は　自分だけが
いい子になろうと必死に欲張る
季節は同じように巡り来て
豪雨　台風　地震も
繰り返しているというのに

人は何故そんな事には無縁の顔付きで
怒ったり　すねたり　わめいたり
泣いたり　ぐずったりするのか
宇宙の枠は決まっているのに
ああ人は　憎しみ合い
傷つけ　殺し合い
今日も猛暑のせいか
妻でさえ　怒《いか》りを押さえ切れずに
なじられ内心じくじたる私だが
よし、ゆっくり話を聞こう

表裏、陰陽相俟って
この世が在ると言われるから

ポン太　逝《ゆ》く

愛犬ポン太が死んだ
無病息災の彼も
年には勝てず
私に似て運の良い犬だった

いつぞやは
青信号で発した途端
くくり付けられている
ワゴン車の後ろ扉が開いて
引きずられているのを指摘され
すぐに停車　事なきを得たが
擦り傷一つしていなかった

別の日には
高台に建つホテルから
用足しに出掛けたところ
首輪がはずれて　一直線に
斜面を転がり落ちて行き
早朝の車両の少なさに
ひかれる心配こそなかったが
必死で追いかけ　大声の制止にも拘わらず
どんどん駆け出して行き
さらに大きな道路の方へ走って
右手のトンネルの方に行こうとするのを
近所の犬数匹が　吠えながら
走り寄ってくる異様な雰囲気の中で
愚犬もようやく躊躇
運良く捕まえることができ
首輪をしてホテルへ連れ戻った
怖いもの知らずというか
小さな時期からやんちゃで
自分より大きな犬に向かって行き
相手が気後れして離れて行くケースも

訳が分からなかったが
私の親指への噛み付きが一度あった
体調悪くストレスが溜まっていたのだろうか
年末年始の　病院も休業中のこと
かかりつけの医院に電話したら
たまたま院長先生が出られて
「今すぐなら診てあげる」
まさしく天の助け
痛みと化膿止めの注射と
一針か二針縫ってもらって
正月を無事過ごすことができた

病気一つせず
たまに怪我をしても
家の治療薬で間に合い
飼い主には迷惑をかけず
立派に二十歳の長寿を全うした
これに敬意を表して
若干の費用はかかったが
宝塚動物霊園へ連れて行き埋葬
満中陰の祈禱にも立ち会った
中型の雑種犬だが
頑張りやさんの好伴侶だった

トボトボと　歩む朝夕　わがポン太
　死してなお生く　飼い主の詩に

決別

愛犬が死んで
しばらくしてから
朝の散歩を開始した
近くの大正川の土手や
川沿いのプロムナードに
実に大勢の人々が思い思いに
朝を楽しんでいる

いつの頃からか
我が物顔に歩いていた私が
知らず知らず老境にはまり込んで
まだこれからという気持ちとは裏腹に
ある種のあきらめに似た心情が
忍び込もうとするのに気付き
はっとする時がある

あれほど仕事に熱中し
余暇の善用も人並み以上にと
わが趣味の熟達をも目指してきたが
「そろそろ後進に道を……」と言われて
いよいよ仕事との決別を意識してからは
急に余生にかげりを見たような

だが恥も外聞もなく
「年齢を問わず」の広告先へ応募して
初めて世間の常識を痛切に思い知らされ
健康維持と社会奉仕の道だけは
是非とも確保すべきだと
自分に言い聞かせる日が続く

雪溶《と》けて

薄雪の道が凍る
見ている私の心も凍る
珍しい雪景色は初老には仏壇の灰
辛かろう　悲しかろう
噴火の島人
地震　津波の人々

あれはカラスか
黒い鳥が私を見ている
テレビ・アンテナの窓の外
「君は何故か　浮かぬ顔をして」
鳥は押し黙って動かない
私だけが寒がっている

和《なご》みはいずこへ

また耳目《じもく》を驚かす
ＪＲ福知山線列車転覆大惨事
多くの人間の頭・顔・首・胴・手足
五臓六腑にいたるまで
狭いステンレスの箱の中で
押し潰《つぶ》され、ひん曲がり、破裂して
地獄絵さながら

過密ダイヤか
疲弊した運転手の
ちょっとした焦《あせ》りと
油断・慢心のスピードが
死者百七名、負傷者五百四十二名を
数える結末となってしまった

現代に生きる人よ
スピード化を戒《いまし》めろ

そこからは良き伝統の
和みは決して生じて来ない
最近多発の事件・事故の殆どが
精神的には　全く幼稚で
がさつな人間の　傲慢さに
因《よ》るものといち早く　心せよ

第五詩集『さすらい』（二〇〇六年刊）より

さすらい

夙《しゅく》川・オアシス道路
かつて師と共に
初めて歩いたこの道が忘れられず
今日も一人で
散策を続けながら
心は妙にときめいて
樹木のにおうが如き精気に
圧倒されそうになる

香櫨園浜から
車の全く通らないこの道を
先程訪れた師との会話で
「よし、あの仕事をやりとげなくては」
はやる思いにかられつつ

海　山　川　緑葉がおりなす
自然の協奏空間に
生きとし生けるもの達の
歓喜を満身に感じて
ひととき
既成自己の解体を
さかんに呼びこんでいた

自分のせいなのに

時の流れのはやきこと
たっぷり詩情などにひたっておれぬ
野に山に独りさまよい出でて
あれこれ心根《こころね》を吐きたきものを
かまうことなど何もないのに
飛び出せず愚痴ってばかり
かこつ相手も見極めずに
常に自分のせいではないと言い張る
ああ大いなる人生
はるかなる人生なのに
小心の私は
なす術《すべ》もなく
ただうろたえ怯え
他者に翻弄されるのみ

オアシス

インダス河のほとりに生まれて
蜃気楼を見たかった
私は猪名川のほとりの
五月山《さつき》を背に育ったそうだ
天の強靭な意志が
ナイル川の氾濫を呼び
サハラ砂漠に
オアシスの散在をもたらした
そこに幾多の
若人らが集い合い
安らぎを満喫している——
そんな有史以前の集団を夢見る私

浜辺にて

埋め立ての進んだ
香櫨園浜に
白いカモメが乱舞する
夢の人工島のすぐ横側に
黄色いモダンな船が停泊し
こちらの方はじっとして動かない
私の背後には
回生病院のトンガリ屋根が
六甲の嶺よりも高く空に突き出て
精一杯の強がりを見せている
どれもこれもユニークで
威風堂々として
小っぽけな人間の存在を嘲笑《あざわら》うかのように
だが私は凡《ぼん》として再び
人々の群れに戻って行くのだ

眩惑

むっつり黙した石に
人はつばきを吐きかけた
石は無表情のまま
路傍の片隅で
じっと夕立を待ったが
きらめく想いはままならず
上下《うえした》の熱気に挟まれて
秘かにあえいでいる
人はそんな石のことなど
見向きもせずに
ふみつけ
けとばしたりして
なお猛暑にかこつけ
自分を見失いながら
さまよっている
夏の午後

わが残照

詩《うた》のない日は淋しいものだ
刺激に慣れた耳に
残滓《ざんし》の狂音がなり響き
充血の目はしょぼついて
閉《し》まらぬ貝の口《くち》
こけた頬と際立つあご骨
沈黙を楽しむどころか
雑念に振り回されて
心に宿っている筈の太陽も
容易に笑顔を見せようとしない
指先の爪をかんでいると
ふと転調のしらべが
脳裏をかすめたが
疲れ切った情緒には
発光装置も働かず
むなしく不毛の世界に沈むだけ

白い想念

邪念をすてて
幾つもの山を越えて行けと
けなげな心が叫ぶ
空は青く
時節はずれの暖かさが
血行を良くし
身も心もなごませ
しばし安らぐ晩秋ひとり旅
紅葉・野焼き・里の鳥
色・香・音が微妙に交歓し合い
けわしい行方の怖さも知らず
今ひとときを生きる
この白い想念

心よひびけ

幸運にして
阿武山*の麓へ翔《と》んだ
空気は良いがのどが渇く
人それぞれに生き行く道に
美と醜の差は紙一重とか
四季の花々が咲き誇る学舎で
我が心根を研ぎ澄まし
せめて笑みなり福なりを
分け合える日よ
次々と

＊大阪府高槻市に在る小高い山

安威《あい》川

ああなつかしや糸とんぼ
さかりて水藻にたたずめば
白銀腹みせ群れをなす
モロコの遊姿キラリキラリと
安威川*浅瀬に照り映える

緑《みどり》 小島の合間をぬって
網もつ子らが歓声をあげ
水底の神秘をさぐる横合いで

わがウキのすぐ近く
モロコの死骸一つ浮かび上がり
小さな平和のひとときに
生と死の
妙にくずれた感興の
なんとも気だるい昼下がり

＊安威川は大阪府茨木市東南部を流れる

春めく頃

じっとがまんしている
者の心にも
春めく自然の生命《いのち》の
躍動の息吹が
その予兆が
感じとれて今
はやる心をつぼみにくるみ
力をつけるべく
座右の書に手が行く
「地道な努力」
私の生涯を飾る言葉か

送別会

春らんまんの時期は
まだまだ来ないというのに
人の情が身にしむ今日此の頃
定年退職を目の前にして
幾度《いくたび》かの送別会で
歓待され祝福されて
幸せな日が続く
ときに
不思議なことも有るものだ
入試前日の宿泊で
夢うつつでは決してなく
確かに私は学園の主《ぬし》「蜂」に出会った
ブンブンという羽音に目が覚め
時計を見ると午前二時半
刺されはしなかったが
首すじを這われた感触が残り
お別れの挨拶をもらったと確信している

五月の窓辺

並び立つ草木《くさき》
緑の色もさまざまに
雀さえずりまた戯れて
鳩はゆったりと歩み行く
ときに異なる鳥の声
ここ静かなる学び舎《や》の
子等はテストに取り組んで
監督するわが炎も燃え立たん
よわい不惑を過ぎたれば
少ない余生に残したし
精一杯の文章《ふみ》の跡
時は五月ぞ
みないきいきと
心燃え立つ頃なれば

中秋の夜明け

凛《りん》として
丸い月の孤影に
私は対峙する
笑えばにこやかに
顔をしかめれば
月面もかげりを見せて
つれ合いの
真下《ました》の一つ星がとても可愛い
きのうと今朝の
寒気《かんき》にも慣れてきたが
ふと北の蕭条《しょうじょう》たる原野をおもい
心をしっかり暖めて
またいつの日か
君よ一緒に見つめようか

秋日偶感

鳩がグランドの日だまりに
群れをなして佇んでいる
まるで綿菓子がそこかしこに

たまたま上から見えた
新幹線の車庫基地は
白ナガス鯨の集団寝床だ

窓外の雲は生きている
それを見ている私も
じっとしてはいられない

大阪城・大手門への橋の
中程でポッと天守閣が
青空に黄金色に輝く別世界

トリが乱舞して夕焼け空へ

こんなにも多くの群れが
動く幼児追憶・黒の兵児帯《へこおび》だ

ある日の出

まん丸い陽が昇る
つい目の先の
高架近畿自動車道すれすれに
コンクリート会社の近代的な煙が
黒く横にたなびいて
その下を疾走車が行き交う
視界に全く人気《ひとけ》はないが
もうすでに都会の活動は始まっているのだ

私自身も
いつものように
朝日をまともに見据えながら
軽体操のおつとめである
肌寒い初冬の朝
キリッと引き締まる
私だけの厳粛なひととき
自由な公園があるから

その奥に稲刈りが済んで
ひっそりと休息中の田んぼがあるから
こんな日の出の美しさにも気付くのだが

落日

病院の窓から
真赤な太陽が沈むのを見る
刻一刻の激しい変化に圧倒され
わが動悸も尋常ではない
森羅万象を照らし
生きとし生けるものに恵みを与え
天地に君臨している偉大な力が
今まさにこの刹那
暗黒の世界へ埋没せんとしている

薄雲が走り一層落日をはやめ
あたりの空気も心なしかふるえて
容赦のない闇を迎えるとき
私はこのままじっとして
生命《いのち》の鼓動に息を重ねていたい
誰かがやってきて
気ぜわしげに
灯《あかり》をともさないようにと念じつつ

都会暮色

冷たいビルの谷間風が
襟を立てた首すじを襲う
師走の夕暮れ
大都会の歩道橋を渡りながら
夕日の沈むのを見るとき
蒼黒と赤黄の葛藤
まさに地獄界へのいざない絵巻
ふと寂寥と悔恨の念がして
身がふるえ立ち止まる
「おーい」
どこへ行くのか
人は身をこごめて
黙々と歩き去るのみ

幻の生

白ちゃけた田んぼに
仔馬一匹　ぽつねんと
より添う者もなく
枯れた草をはむ
「おーい」
声をかけたくなるような
木もない水もない
厳冬の朝に
仔馬の表情は
おだやかそのもの
寒い風がしみわたる

近代化

ゼウスよ
汝は何故黙して語らないのか
馬鹿らしくなったのか
力が及ばなくなったのか

宇宙よ
パンシイズムの主よ
汝は何故大声で笑わないのか
この社会の錯綜を
混乱した世界を

人はおかげで愚かになった
なんの意志もなく感情すらなく
ロボットのように
地上を這いずり回り
烏合の衆と化して
うごめいている

ああ近代化とは

五十路《いそじ》

五十になって
心がはずむ
そんな生き方を続けてみたい
けやきが　赤松が　杉が
夫々《それぞれ》の持ち分を装い
冬の陽ざしをわがものにしようと
懸命に背伸びしている南斜面を
私もまたよじ登りながら
確信はいよいよ堅固に
着実にまた大胆に
野を行く旅人のように

我を見つめつつ

六十歳、さらに六十五歳の定年を無事終え
希望して再雇用二年延長の後ついに退職
今度は六十七歳半ばからアルバイト
近くの幼稚園・校門前に立った

平日の朝八時に家を出て
正式には九時から二時間半、三時間半と
十月からは水曜のみ二時間半、あとは四時間と
曜日等による三種類の勤務形態で
報酬は従前と雲泥の差となるが
時間給の世界に埋没してみた
戸外で規則正しい生活律を
執れるのが嬉しいからだ

研修を受けて
五月中旬よりスタートしたが
南からの日射が予想以上にきつく

分厚くて頑丈な制服では
背中の汗が発散せず
気分も重苦しく
体が水分・塩分を欲しがって
多量のお茶を飲み続け
弁当には梅干しや塩コンブを
汗シャツのまま帰宅すると直ぐ
裸になって水を浴び
ぐっすり昼寝をして凌いだ

＊冷風《かぜ》よ吹け　暑さ寒さを　抜きにした
　　警備の我に　しばし和《なご》みを
＊襲い来る　熱気を避けて　目を閉じる
　　夏本番の　蟬競い鳴き

常用したパラソルの下は
コンクリート地面の照り返しで

木陰の方が涼しい時もあった
夏の制服にありつけたのは
夏休みに入る数日前で
実際には九月からの着用とした
やや凌ぎ易くなったようだ

＊残暑なお　厳しい真昼　日陰追う
　　涼風吹いて　汗はかかねど

十月には幼稚園・小学校共に運動会があり
園児・児童達の声が丘にこだましたが
末頃から落ち葉との戦いが始まった

＊坂道に　木の葉散らばり　掃く後へ
　　すぐ舞い落ちる　紅葉の秋

園児らの通うコンクリート坂道は異常に長く
小さな二重丸のくぼみ模様が全面に施され
大人でも下りは身構えないと危険千万
折しも駆けたがるシーズンでは

雨などで濡れた葉は滑り易く
幼児らがケガをしては可哀相だと
自らの判断により掃除を日課とした

＊雨もよい　落ち葉と箒が　競い合う
　　自然が勝つと　分かっているのに

この吹田・南山田の坂は寒いと聞いていたが
じっと立ったり座ったりではとても寒く
落ち葉拾いは私の格好の運動となった
いわば修行する凡骨への天恵とでも
寒ければつい愚痴っぽくなる魂も
太陽が幾日救いの手を差し延べてくれたか
晴れの日など人の笑顔が往来し
鳥や小鳥の鳴き声も楽しげに
椿やバラまでもが浮き立つ
また毎週四人ずつ交替の
小学児童の掃除当番が
丘をはしゃぎくだり
喜んで手伝ってくれたのが何より嬉しい

かく自然の中で喜怒哀楽ともどども
人生の諸相に思いを馳せては又うたう

＊陽が射せば　楽園となる　坂道も
　陰《かげ》れば氷室　魔に早変わり
＊にんまりと　太陽が出て　ありがたや
　落ち葉も止まり　風情《ふぜい》の坂に
＊真っ青な　空に向かって　叫ばんか
　「我ここにあり　今を生き抜かん」

正月休みが明けて仕事再開
ほんのしばらくは落ち葉とてなく
代わりに小雪の舞い飛ぶ日があった
豪雪地帯の苦悩をよそに大阪ではまさに珍事

＊驚嘆の　子等初めての　雪だるま
　懐に抱き　持ち帰る児も

幸せなことに事件らしきこと何一つなく
風邪とてひかずに春を待ち侘《わ》び

そしてついに春が来た
＊寒戻り　春に小雪が　舞うときに
　落ち葉拾いの　われ絵になるや

早春

日当たりの中
梢がゆれている
窓ガラスの外では
風はつめたいのだろうが
その証拠に唸りが時折聞こえる

三月初めの午後は
確かに陽光はきらめき
眺めていても自然に
元気が湧いてきそうだが
ひとたび日がかげると
やはり冬枯れの陰の様相が濃厚だ

年甲斐もなく
まだまだ若いのだと意識してみても
他人から見れば
もう既に初老の域に達し
だからこそ陽光を身体《からだ》が求めて
じっと窓外に春をさがしているのか

川生きて

暖冬のせいか
三月末にならないうちに
近くの大正川が動き始めた
朝の散歩どきに
川のあちらこちらで
水がはじける音がして
波紋の下には大きな鯉の群れが
産卵場所を探して右往左往はね回る
付近に浮かぶ鴨は意外にもおとなしい

数日前の珍しい光景では
初めは二、三羽ずつよたよたと
最後に親らしきリーダー格が悠々と
川から鎖の柵越えに歩道まで飛び越し
群れをなして草根をついばんだりしていたが

ときたま白鷺が孤独の佇《たたず》まい

どんな餌を狙っているのか
突如それが左へ跳びはね
小柄な鴨が驚いて右へ飛ぶのを目撃
邪魔な鴨を蹴散らしただけにすぎないのか

人の往来も激しくなった
身の回りに鳩を群がらせて
川にパン屑を投げ込んでみたり
上の堤防や川沿いの歩道を駆けてみたり
大半は愛犬をお供の散歩だが
シベリアン・ハスキーや
超大型のグレート・ピレニーズ
小型犬ではダックスフント、
シーズー、テリアなど
雑種犬は余り見かけない

川岸の背高い

菜の花に似た鮮やかな黄色が眩しい
対岸には満開の白っぽい桜、桃色のボタン桜が
せっつ桜苑、摂津高校を背景に見事なアングルだ
少し歩いて橋を越えた右側のエリアでは
堤防石壁上の草地に白と黄色の水仙が
太陽に向かい群れ一斉に笑顔の
誇らしげなごあいさつ

入学シーズンの　好季節に
仕事を卒業直後に　自治会長として
石の上にも三年を覚悟　地の塩たらんと
この恵まれた川岸に立ち　自然の息吹《いぶき》に身を任せ
春たけなわが間近いことを　肌で感じている私

沖縄・夢追い旅

沖縄へ初めて行った二十年前に
空の青さや星砂に魅せられ
記念にと投稿した作詞
『沖縄の女《ひと》』が作曲者の目にとまり
それがご縁でCDまで制作・公表されたが
今年漸く現地主催の日本現代詩人会に参加した際
歌手を交えた三人が出会うチャンスに恵まれた

同じ年頃同士のせいか
初めて会ったにもかかわらず
旧知のように語り合う事ができ
その上　投稿紙・琉球新報の若い
女性記者のインタビューまで受けて
超幸運に感謝感激　大きなおみやげを
天から授かった喜びで　胸が熱くなった

翌日、翌々日と
沖縄バス定期観光でのひとり旅
わざと仕組んだ創造への充電タイムだ
初日はBコース「中北部観光と海洋博公園」
所要時間九時間半で、守礼門↓万座毛↓やんばる
亜熱帯園↓海洋博公園↓東南植物楽園など
二日目は帰りの飛行機予約時間もあり
「南部戦跡巡りと玉泉洞」六時間Aコース
旧海軍司令部壕↓ひめゆりの塔↓沖縄
平和祈念堂（摩文仁丘）↓玉泉洞

特に印象深かったのが
Aコース平和祈念堂巡りである
バスガイドさんに平和の礎までの
近道を尋ね自由時間内を歩き回ったが
摩文仁丘は二十年前とはすっかり変わり
聳え立つ正七面体角錐型の「美と平和の殿堂」で
賽銭あげて祈念像に合掌　再訪の無事を願い

壁面の連作絵画や美術館の大作に目を奪われたが
近道の坂を急ぎ下って　資料館らしき裏手より
海岸の見える　忘れ得ないエリアに出た

海からの風は以前と全く同じひんやり強めで
平和の礎も　どっしりと威厳のある品位を保ち
堂と礎の中腹辺りには　素晴らしい資料館が建ち
かつて竹富島で見たシーサーと同じ淡い柿色瓦の
各部毎に向きや高さを変えた屋根に目を見張った
それらは一斉に海の彼方へ波が寄せて行くように
平和を沖縄より全世界へ発信せんと群象徴として
モダンで美しい出来ばえで　沖縄の新しい息吹を
ひしひしと感じさせ　嬉しくも頼もしい気がした

ガジュマルの樹やハイビスカス
ブーゲンビレアの花は見慣れていたが
珍しい植物が身近に見れたのも今回の収穫である
蛸足のようなアダンを万座毛石灰岩植物群落で
東南植物楽園では火焔カズラ（Flame Flower）を
ビヨウタコノキ（実付きが雌）やローソクの木を
トックリ、ダイオウ、ココとヤシ種のいろいろ
ディゴとも名護市付近で次々に遭遇した

また「風楽風遊の森」（Enchanted Forest）が
植物楽園向かいに在りヤシ林を主とした独特の趣
小雨そぼふる中を　一人さまよい始めたが
バス乗車時間に間に合わさんがため
さっと駆け抜けた私であった

天草へ

天草へ急に行きたくなった
先頃熊本まで折角行ったのに
日程的に足を伸ばせなかったこと
ＮＨＫテレビで天草四郎が登場したこと
吉利支丹の故郷を一目見たかったこと
それに現地で初めて知った「五足の靴」のことを
従前より認識していたならば
それも動機の一つとなっていただろう

福岡空港よりバスで唐津城へ
玄界灘に面した堅固な名城とか
次には伊万里焼秘窯の里みて歩き
これが私等には素敵だった
夫々の店舗に特徴があり
「なんでも鑑定団」が喜びそうなのを
勝手に値踏みして買いもせず
散策にはもってこいだった

平戸千里ヶ浜温泉で一泊
ホテル蘭風の従業員による
平戸民芸ショーは面白かった

翌日平戸城、ザビエル祈念聖堂
それから九十九島遊覧観光
愛野を経て島原へ向かう
道中若いバスガイドが
「島原の子守唄」「カラユキさん」「南海の美少年」
上手ではないが懸命に歌ってくれた
純な心根が微笑ましい
バスは雲仙の土石流で被災した
家屋保全公園で停まった
自然の驚異を実感
口之津港から鬼池港までフェリーで
とうとう天草下島へ　下田温泉で一泊
海は広いぞ大きいぞ　東シナ海を目前に

昨夜の大雨で　帰路の一部が通行止めとか
大江天主堂（ロマネスク様式・白亜堂）
崎津天主堂（港に建つ・ゴシック様式）
明徳寺（キリシタン禁圧の歴史を持つ名刹）
殉教公園（天草四郎像）と巡ったが
バテレンや隠れキリシタンのことを理解するには
『沈黙』（遠藤周作著）がよいとのこと

運転手・添乗員の機転により
天草五橋を予定どおり渡り終え
別コースで福岡空港へとまっしぐら
天草地方に大雨警報が出て止むを得ないが
渋滞等に出くわさずに済みホッとしたものの
空港では三時間も待たされる羽目に
しかし全体的に　個人では
この費用この日程では　到底こなし切れず
無事に予定どおり帰阪出来て　何よりめでたし

雨のしまなみ海道

彼岸も過ぎたのに
こんな早春の雨続きとは

赤穂の城前で泊まって
国道二号線をまっしぐら
バイパスは渋滞なく快調だ
尾道より渡る
大橋のたもとで
連れの犬が吠えたので
インター内の空き地に停車
放尿のためドアーを開放すると
雨交じりの冷たい横風に
地上わなわな震え出し
小用なく急いで発車

因島・多々羅・大三島・来島海峡ら
各大橋を初めて渡って四国へ

今治からは松山、道後へ
冷えきったからだに
温泉が湯殿から溢れこぼれ
有りがたや一度に旅感覚が蘇《よみがえ》る

明くる日は晴天だ
湯築城跡を散策すると
人々の表情も晴れやかで
栄枯盛衰の悲哀を感じさせない
子規記念博物館は同じ公園内の近代建築
「糸瓜《へちま》咲て　痰のつまりし　佛かな」
辞世の一句を見つめていると
鼻風邪の私も痰がからむが
病床に伏すこともない
旅行きを天に感謝

水軍城

再びしまなみ海道を
今度は因島で途中下車
水軍城に立ち寄ってみた
八月の陽光に映える白壁の
美しい城を一目見た途端
元海賊の親玉への意識が
たちまち崩れ去って
瀬戸内海を　所狭しと
睨みを利かした船長として
大きな業績を残した村上水軍の
エンブレムとして崇める気持に変化
ゆっくりと城内の展示でそれを確認した

出口から続く見晴らしの良い回廊を
ミカン並木の涼風に煽られながら
独特の丘陵散策路をたどると
額の汗もいつのまにか引き
心身ともに晴れやかに
やがてブルーカラーの海道を四国へと

四万十川へ

ついに叶う
四万十川への夢が
遊覧船が今しがた歩いてきた
(高瀬)沈下橋の方向に進むと
涼しい川風が頬を心地よく撫でる
人懐こい船頭さんが
面白おかしく解説してくれ
山裾が丁度重なり合うその奥に見える
不入山に源流を発して
全長は一九六キロメートル
TV等で馴染みのこういう橋が二十一ケ所
さらに先の川筋が視界に入らないのは
川が直角に曲がっているからと知る

当地でも異常な暖かさのせいか
五月末から六月初めにかけて
例年になく大量の蛍群が
見事な乱舞を繰り返したとか
また台風時には水が氾濫し
向こうの白い建物の二階まで浸水
こんな事は今までに無かったことだとも
水流の渦が巻いた痕跡が
堆積した砂利あとにくっきりと残り
人工的な堤防類は一切なく
昔ながらの自然そのままの岸辺を眺めて
先ずは川上の水流豊かなエリアでの
川景に我を忘れ酔いしれていた
夜は足摺岬温泉に宿泊

翌朝は岬巡りから
中浜万次郎像を見上げ
七不思議の「弘法大師の爪書き石」
「大師一夜建立ならずの華表」など
「亀呼場」で一斉に「亀さーん」と

大声で叫ぶと　摩訶不思議　眼下の岩場に
実の亀がのっそり姿を見せて驚嘆
田宮虎彦氏の文学碑もあり
私達一行の遊歩道は
四国霊場三十八番金剛福寺参拝で終了
それ以降はオプションの海底館へ
途中で波と海水の浸食による
俗にレンコンと言われる砂岩上の
筋状や穴空き模様群に興味が湧いたが

やはり何といっても四万十川だ
「四万十の碧《あお》」と命名された
屋形舟上での昼食は格別で
別の顔が川には有った
大小の魚や生物が棲息し
豊富な自然の恵みと人間が
共存して繁栄している様子を
下流で波も穏やかなエリアで気付く
美味で珍味とも言うべきゴリの
これを捕獲する漁師は十八人に制限され
天然うなぎやえび等をとる柴漬漁は十人に
舟上から網をうつ投網漁・石囲い漁等
実演やその現場を目視したりして
清流の伝統の技よいつまでもと
願いつつ　無事なる旅路を

京都・白川辺を

ポッカリ午前の空きができたので
明日が最終日の二科展へ行く
招待者の写真題は「湖中地蔵」
夕暮れの淡い光が湖面を彩り
カップル地蔵が寄り添ってそれを見つめる
撮影者もその背後から

夫の病死後を生き抜いてきた
自らの終焉をその辺に重ね合わすのか
それとも夜の帳《とばり》に包まれる直前の
重厚な静けさ前の残照に仲良く
睦み合える二人を夢みたか
湖水のさざ波音が聞こえてくるようだ

美術館を出て
休憩中のガイドマンだろうか
首に懸けた章《しるし》を裏返している人に
河原町四条への歩いて帰る道を聞くと

「とっておきのが有るよ」と言って
白川右伝いの道順をとても親切に

平安神宮の赤い大鳥居を背に
橋と小川のたもとに小さな分水界が見え
「白川と疎水を称える詩」が石に刻まれていた
綺麗な水の流れに人は誰しも素直になれるのか
出会う人それぞれが明るい笑顔の主《ぬし》ばかり

私の右手に三谷稲荷社が有り　例の
赤と黒の美塗り柱で囲まれたキツネ本尊
左手川岸では　スケッチしている女性
のぞくと岸に咲くラッパ水仙を素描

広い通りに出て横切ると
両岸に青い柳並木がせまる
吹く風もどこか違いひややか
先のガイドさん自慢のポイント

左手にやはり噂の菓子舗「寅餅」店
名物むぎまんじゅうを一つ食して
自分でも驚く素直な言動反応に
喜ぶ店主と前景風情を楽しむ
柳の色とせせらぎの季節　五月に近い

華頂短大の建物の数歩先右手に
一本橋という標識に気付いた
説明によると　比叡山の阿闍梨修行
千日回峰行を終えた行者が京に
入洛時に最初に渡る橋とか
実際に渡ってみると　中央が
擦り切れ　へこんでいるのに驚いた

まもなく　総本山知恩院
母の分骨を納めた寺だ
国宝の三門をくぐる
正面の険しい階段を避け
右なだらかな知恵の道を選ぶ

本堂には満員の僧侶と信者が居て
私は賽銭箱の真前に一人分空きを見つけ
合掌　目前頂上の額字「明照」や
左板書の「草も木も枯れたる野辺に
ただひとり松のみ残る弥陀の本願」
真意も分からず口ずさみながら
今日のコースは母の導きかと

ラストは名勝円山公園
談笑の団体を見下ろしながら
ボタン桜がずっしりと咲き誇っていた

雪吊り

見渡したところ
金沢・兼六公園は
岡山の後楽園よりは
ずっとスケールが大きい

冬支度の雪吊りがここかしこに
雪の重さで木枝が折れないようにと
十五米《メートル》のセンターポールから縄を張り
植木職人の伝統芸が冴える

寒ボタンのこもがけ
公園外《ソト》のナマコ型
白い壁も格別だ

　雪吊りの　均整とれた　美しさ
　　人間の知恵　歴史の重み

能登半島

バス・ガイドさんが
「能登はいらんかいね」を歌った
なかなか味があって上手だ

北陸道を「加賀うるし蔵」を経て
尼御前・片山津・安宅・小松・美川と続く
海岸線は独特である
防風林の松林が
どの木も枝も
日本海からの強い風に
押し曲げられて道路側へ傾き
自然力の勢いを証明
さらに内灘・かほく・高松・羽咋から
千里浜なぎさドライブウェイでの
大型バスの走列は珍しく
現代的能登の表向き顔といえる

バスはこれより先
宿泊ホテルへ向かったが
翌日輪島へ行く途中で
この歌を唄ってくれたのである
歌詞は「古さと能登はヨー」と続く
開発の進む海岸線に出るまでの
冬は雪に閉ざされた片田舎の
住民達はきっと近都への
憧れを募らせたのか
私には輪島の朝市とて
地方色豊かなものとは思えず
以前テレビで報道されて興味を持った
上大沢集落・間垣の里を自分の目で確かめたい
衝動に駆られ　今夏奥能登に分け入った
能登有料道路を終点穴水まで
輪島からは先ず右側曽々木海岸へ
「波の花舞う」と知られる細長い岸辺

珍しい石ころを数個拾っただけで
夏の風情に何の感慨も湧かない

逆コースを大沢、上大沢へと向かう
「御陣乗太鼓」発祥地の石碑前で停車
白米《しらよね》千枚田には往路で寄っていたので素通り
輪島から曲がりくねった道をおそるおそる
途中ゾウゾウ鼻見晴らし台でひと休みし
標識を頼りにどの位走っただろうか
大沢付近で間垣らしきものがチラホラ
息せききってシャッターを押す
しばらく行くとついにあの
間垣の里に出くわした

これ以上の海岸沿い通行不能と書かれた
看板を目前に昼食のおにぎりを食べ
公衆トイレで小用を済ませ
見上げた空はほの暗《ぐら》い
海から小さな湾上を
きつい風が吹いて来ている

多分真冬にはそれを防ぐため
間垣は雄々しく立ち向かうのだ

台風並みの風が吹きつける
笛の音がしてその音色で
風の強さが分かるそうな
古い竹が風に吹っ飛び
できた隙間用に秋には苦竹《にがたけ》を
三百本も補修埋めに要するとか

荒天の気配　来た道を急ぎ引き返す

補遺　「能登半島沖地震」

M六・九の地震が襲った
平成十九年三月二五日（日）朝
分断された道路や河川、田や用水路まで
倒壊した民家、死傷者、断水、停電
さらに数多くの余震と非情なる雨
ひしめく避難所の様子や
高齢・難病等の災害弱者へのケアー
テレビ放映を食い入るように見つめた

幸い復興への動きは早く
近県市から応援のゴミ回収他車両
週末には千人ものボランティアびと
急ごしらえのテント風呂で親子の笑顔
情溢れる言葉や行動に涙ぐむ被災者たち
寒の戻りの中　元気一杯な人間力の
優しさ、逞しさを称賛しながら
過日通行した能登有料道路や
国道二四九号海岸線を想い
私も義援金に貧者の一灯

夢千代の里にて

イチゴ狩り
ビワ狩りぶどう狩りと
食べ放題の舌《ぜっ》感におぼれ
クリ拾いのあとナシ狩りに
雨で滑り易い　小高い丘陵を
少しでも大振りなものをと
よろめきながらもぎ取り
簡易ナイフで皮むいて
二つ食べたら嫌気がさした
鳥取の近く　種は二十世紀か
食後の満足感どころか
食に対する貪欲の空しさに
湯村温泉近くでふと我にかえる

かの夢千代は　生命ある限り
笛吹き男の名を懸命に呼ぶ
あと一月半で　若き日に
父をあやめた時効が切れる
逃げて　又　逃げて
日陰の男が　やっとこの地で
「貴女に逢えて初めて真人間に」と
病身のやつれた夢千代に
駆け寄り　ひっしと抱く
彼女の目に嬉し涙が

川のせせらぎは今日も同じく

悠久の北京

五つの世界遺産を巡った
先ずは頤和園《いわえん》（西太后《せいたいごう》が再建、愛した離宮）へ
よくもまあ　こんなに　多くの人や車が
ひきもきらずに　せっせせっせと
必死に現地ガイドの後を追う
ときに他国女性の甲高い声に驚きつつ
結局どこをどう歩いたのか思い出せないまま

翌日の万里の長城は素晴らしかった
八達嶺までロープウェイに乗る長蛇の列
スピーディな運転回で待ち時間少なく気も晴れる
緑の谷間に城壁が見え隠れして心浮き立ち
ロープウェイを降り　夫婦とも足早に
最高位八八九米の砦を目指すが
これがまたギュウギュウ詰め
さすが観光客の文句はない
目標に辿り着き写真撮影

下り坂で幾つかの壁の凹《くぼみ》に気付き
顔を出すと涼しい風が心地よい
眼下は緑　ひと息入れる
前方の小高い砦へ
さらにその前の城壁を
隙間なく行き交う人々の夏衣
白・黄・赤・青・色とりどりが
蟻の行列のようにうごめいている
高所から見る大自然パノラマ内小さな群像が
いくら外敵の侵入を防ぐためとはいえ
明という時代にかくも堅固な城壁を
建造した同じ人間の末裔なのか
来て、見て、驚いて
いにしえ人の偉業に完全脱帽

カナダ行

(一) ナイアガラ

六日間の春爛漫の旅に出た
バンクーバーからトロントへ
飛行機を乗り換えて
先ずはナイアガラ瀑布へ
驚いた　聞きしに勝る
スケールの大きさ
水しぶきの強烈さ
アメリカ滝　カナダ滝　が競い合う
昔から自然の驚異を人々が愛でて
船底を自損させ　滝への落下を
防いだという残骸船が見える
必死の知恵に生き　メモリーをばらまいて
なお人は今日も感嘆に酔いしれる

(二) カナディアン・ロッキー

カナダは自然　と誰もが言う
ラディソン・ホテルから専用バスで
世界遺産観光の旅に出発
現地ガイドさんは能弁
小雪ちらつく中を先ずは
ボウ川に流れ込むボウ滝で停車
モンローの「帰らざる河」撮影地に佇《たたず》む

アニマル・オーバーバスの説明を聞きながら
トランスカナダハイウェーをまっしぐら
ほどなく　ボウ・レイクに
奥に赤く見えるボウ氷河
グレイシァウス・ブルーを堪能
運良く天候に恵まれ　風は暖かい

ドライブイン・ザ・クロッシングから
マーチソン山やアメリー山を眺め
車中からはコールマン山
その険しい崖にマウンテンゴートが二匹
非常にラッキーだ
白く凍てついた雪の啜り泣きの壁も珍しい

アサバスカ氷河でバスを降り
雪上車観光は時期尚早のため
スノーコーチをバックに写真撮影

これよりターンして
スノーバード氷河を車中より
レイク・ルイーズで下車
ヴィクトリア氷河を正面に見て
凍った湖上に立って写真撮影
暖かく軽く汗ばむ気候だ

中世のお城のような概観の
キャッスル山を車窓から

その後頂上が鋭く角張ったランドル山を背景に写真
バンフに到着してゴンドラに乗り
硫黄の臭いがきついサルファー山へ
山頂より　カナディアン・ロッキーの
パノラマ式展望を満喫して終了
どの人の表情もにこやか

(三)　ブッチャートガーデン

もう一つの顔は
ビクトリア市街と港
誇り高き英国文化の佇まい
それに光と風がきらめく
ブッチャートガーデン
美しい花々が一面に咲き誇り
芳香漂うまばゆさ
一巡しホッと一息ついて
今度はティーとケーキの大盛《おおも》り

この世に男と女ありて
女性の楽園がこんなところに
「ついて来て良かった」と家内が言う
並み居る女性達の満ち足りた輝き

咳づく正月

暮に孫が来た
三人のうち長男の咳がひどい
市販の薬を飲ませたが止まらない
床暖《ゆかだん》を休む間もなく使い続けて
窓は締め切ったまま　空気がよどみ
ついに私まで咳をする羽目に

二日から兄弟とも剣道の寒稽古とかで
みな車でいそいそと帰って行ったが
私はその後　鼻汁と咳に悩まされ
五日の初診日にワッと医院へ駆け込む始末
「鼻が出るときは薬の深追いはしないこと」
院長先生に残存薬の乱用を窘《たしな》められた
いつものよく効く注射をまた希望
指示どおりに服薬してやっと快方へ

年末に健康上の理由でアルバイト先へは
退職願を既に出していたので
気ぜわしくはなかったが
交替の人とも顔を合わせたくて
九日朝定刻に出向き　確認出来て安堵

翌朝いつもの時間に起き出し
いつものテレビ体操に参加
朝食は腹八分目で済まし
散歩を兼ねて用足しに外出すれば
太陽が微笑んで　風も穏やか
嬉しい快晴の好日となった

仕事　肩書　私欲など
肩にのしかかった重荷の
一切と言いたいが大半を放り出し
純な心のままに元気よく歩けて
マイ・ペースで過ごせるとき

こんな幸せなことはない
先ずは健康であること
次に活ける魂を持ち続けること
この二つが咳で明けた新春の独り言である

神業

尊敬する内科の名医に加えて
ここにも歯科の達人がおられた

先生に診てもらうと痛みが生じない
「どちらで修業されたのですか」
機嫌の良いとき伺ってみたら
「鬼の○○先生にさんざん」

何より感服するのは
どんな仕事でも予定の
三十分前後にケリをつけられ
とりわけ歯の噛み合わせとか肩の凝りには
神業《かみわざ》とでも言うべき滅法凄い技《わざ》を発揮されて
家から通うのに片道九十分かかろうと
苦にならず常に心服・満足して帰る

いつの頃からか診療室入口に
「当院は予約制で新患はとりません」
まさに一芸に秀でた人だけが言えるセリフ
私には一体どんなセリフを言えるというのか

エアロビクスに涙する

近代的なダンスというが
女子学生が全身を動かしながら
そのつどメリハリがあり
ひとりを注視するも
入れかわり立ちかわり
総体的なととのいの美しさと
群れが醸し出すハーモニーに引き込まれる
めまぐるしい激しさと熱気に
年甲斐もなく落涙《らくるい》するとは
問合《まあ》いのアナウンスによると
合宿時に先輩たちから
厳しくしごかれ
足裏の痛みにも耐えながら
涙こらえて今日を迎えたという
ああその成果としての見事な出来映え
鍛えぬかれた逞しさに圧倒されつつ
みんなが発する歓喜の内なる

叫び声を聞いていた

白い船

大きな海がよく見える
児童数十七人の小学校で
教室の窓から毎日海を眺め
沖を同時刻に船が行くと言い
「あの白い船に乗りたい」
少年の単純な気持ちに
同調する子等や大人のまた純な心

やがて学校を介して
子等と船長さんとの文通も始まり
矢も楯もたまらずに少年三人だけで
合風接近の海へ冒険に出た
必死の捜索を経て
子等の夢と希望を痛感
浜の人達や保護者の強い要請が
功を奏したのか　憧れの
白い大きな船への乗船が許される

その子等の夢　大人の愛を乗せた船が
学校の見えるいつもの沖に来たとき
大漁旗を靡かせ白波を蹴立てて
一目散に出迎えの大漁船団
彼等に懸命に手を振り
声を限りに応ずる乗船者たち
浜から沖から　海の波間で
歓喜の人間協奏曲が沸き立つ
感極まって観客の私も涙に噎ぶ

人間の純白な心の代々《よよ》の絆が
奇跡の航跡を突如波立て
感動と素敵な心情を
泡立ててくれた映画「白い船」

ひとときの幸せ

いつもの時間に起き出して
いつもの時刻　TV体操をし
いつもどおり朝食を腹八分目に
いつもながらの大正川堤防沿いを
いつものように元気良く散歩すれば
今朝も　太陽がほほ笑んでくれて
いつものペースで過ごすひと時
これほど幸せなことはない筈
先頃まで人の倍ほど十分に働いて
それが自負の一つであったが
仕事・金銭・名誉欲など
一切合切を払拭
身近な自然の中で
ありふれた風情ながら
身もこころも癒やされて
明日への活力を充電・再生
ああ　これぞ我が余生　凡々たりや

弱虫なれど、たまには強く

腹の立つことは滅多に無いが
身勝手な人が迷惑意識を持たず
指定以外のゴミを集積場所に出し
取り残されたそれが無残に放置され
まちの美観を損なうやら、人のマナーや
マインドの貧困を目の当たりにすると
今の私はじっとしては居られない
美意識が最近人一倍強いせいか
自治会長としての責任感から
即実践が気楽との体験が仕向けるのか
折しも犬を散歩させているご婦人に
聞こえよがしに小言を吐きながら
腹立ちを解消しつつ後片付けを

振り返ってみれば
何事にもたじろがず
どこ吹く風と笑いとばし

黙って居ても身近なひとが
気持ちを察して動いてくれる
そんな御仁に未だお目にかかれない

「彼は強い人だ」と一般に言われる場合
体力・知力共に人並みはずれている人
技術なり特技なりもそうである人が
対象者になり得ようが　私の思う
自分に負けない、何事にも挫けない人
はどうか　殿堂入り出来るだろうか
私とて週に　平均三・五回の割で
雨でも朝食前の一時間あまり
路上のゴミを拾いはじめて
丸四年と三ヶ月が経過
我ながらよく続くな、とひそかに

ゴミ拾い
——先達の声を聞く

環境シーズン六月に　摂津青年会議所主催
アルピニスト野口健氏の講演を聴いた

いつも上を向いて歩く山の冒険家が
ヒマラヤで雪下のゴミ類に気付き
清掃登山を決意、人に呼び掛け
実践を繰り返されているとか
同行の遭難死者探しがその
発端になっているのかも

実際の体験を謙虚に
ときにユーモアを交えての
話には迫力が有り引き込まれる

国内では「日本の恥」だと主張され
多くの加勢ヘルパーさん等《ら》と

富士山のゴミ集めに専念
一方　ヒマラヤ登山に協力して
尊い生命を亡くしたシェルパを偲び
遺族達を支援する国際的な基金の設立も

実行者の心の常である
迷いや弱音、資金繰りなど
口に出せない苦しみを乗り越え
克服せんと努力される　彼の
若さと情熱、忍耐活動には頭が下がる

高齢者入りの私には
ヒマラヤ登山夢物語だが
改めて今日彼から元気を貰い
せめて足下《もと》路上のゴミ拾いを続け
「地の塩」たらんと認識を深めた次第

超半世紀ぶりの我がサーカスは

サーカスと見聞きしただけで
「ゆあーん　ゆよーん　ゆやゆよん」を思い出す
彼のは　のどかな時代の若き浪漫性発露か
高齢者の私は　好奇・凝視・衝撃・激昂
熟達の個人技の冴えに　驚嘆・脱帽

高く積んで小揺れする椅子を手に
バランスの倒立　決して落ちない超人

空中で白装束の二者が大小別輪を
初めは内側で懸命な同方向の脚力回し
スピードが徐々に増して来るにつれ
その内の一人が転回輪の外に出て
跳んで駆けたり後ずさりしたり

最もショッキングだったのは
ライオンと虎の　各五頭ずつを

一人の調教師が唸るムチさばきで
意のままに座らせたり、火輪をくぐらせたり
今にも猛獣がキバをむいて飛び掛らんばかりの
迫力満点　無気味な刹那空間を体感しつつ
たった一人の人間と十頭の獣との勇戦に
全身硬直　鳥肌の立つ思いをした
世界三大サーカスの一つと言われるだけに
大柄な外人の夫婦が道化師を務めたり
又均整のとれた美しい外国女性が
空中高く舞い跳び上がっては
二人の男性の肩上の板に
きっちり着地を幾度も
首長《くびなが》のキリンや親子の象とて登場
国際色豊かなショーが続いたが
ラストはやはり空中ブランコ
観客側の慣れによる　驚異や興奮の
度合いも薄くなってか　意外にあっさりと

朝から「夢中」の二時間半
テントを出ると　灼熱《しやくねつ》の日差し
次回のステージを　待つ整列客多数

師走の都会

冷たいビルの谷間風が
襟を立てた首すじを襲う
師走の夕暮れ
大都会の歩道橋を渡りながら
夕日の沈むのを見るとき
蒼黒と赤黄の葛藤
まさに地獄界へのいざない絵巻
ふと寂寥と悔恨の念がして
身がふるえ立ち止まる
「おーい」
どこへ行くのか
人は身をこごめて
黙々と歩き去るのみ

世界の空へ

大空へ
彼《か》の人の意志そのままに
幾つものクレーンが伸びる
高い骨格の屋根に
ヘルメットの工人姿
地上ではショベルカー
ダンプカーが走りまわり
関西外大ニューイアラ計画により
二十一世紀を開く中宮《なかみや》新学舎
殿堂作りの真っ最中

雨も止み
希望と夢ではちきれる
入学式合間の短い時間に
煽《あお》られた私はカメラ片手に
路地を駆け抜け
現場へ直行

外から激写を繰り返す

門前に競い立つ群れを主役に
塀沿いの満開桜と向き合う脇役
街並みの緑木の奥に潜むものなど
いろんな角度から
顔覗かせるクレーンを見つめていると
生涯かけて
世界の若人のために
創造する人の大望《たいもう》の喜びを
ひしひし感じ
胸が高鳴るのだ

継承という名の断想

昔はさぞかし
樹木がうっそうと茂って
もっと原始的であったろうが
たしかに武蔵野の一部にあって
いま私の息子と孫が
鳩にパン屑《くず》を与えている
ここ東大和市のコナラ林の一角で
初春とはいえまだまだ寒いが
目の前のコナラはただ見つめているだけで
私に継承への断想を語りかけてくれる
「野火止用水歴史環境保全地域」
標識の立つすぐそば
むらがる鳩に囲まれて
ひとときの安らぎが流れる
大人たちの善意にかこまれて
上の孫は嬉々とおしゃべりを覚え
次の孫はおうように
たまに奇声をあげてはねむりこける
「ママが一番いい」と繰り返す上の孫が
次第に思いのたけをふりまいて
年老いた者を警戒するときがあるが
それは直観で
私たちが次々と立ち去って
自分達とママとの世界で
多くの時間を過ごさねばならないことを
肌でかんじとるからであろう
さても父とはいつもながらにして
家族への糧を与え続ける役割というべきか
語らずとも居るだけで十分なのだ
やがて子も父として
存在を継いで行く

老骨がゆく

「子連れ狼」ならぬ
老犬ポンタを引き連れて
その犬たるや　目はくぼみ
耳は聞こえにくく　足はヨタヨタ
尻尾は地に這《は》い　老醜そのものだが
それでもけなげに嬉しい散歩へ

当初各戸の犬にきつく吠え立てられたが
次第に老愁の風雅さえ漂わし始めて
道行く人からも　たまには
「頑張って」と声がとぶ

母のとき義父のときも痛切に感じたが
犬とて老境はまさに便との闘いだ
こちらはその後始末に大童《おおわらわ》だが
ジャンパーの襟を立て

犬を急いで乳母車《うばぐるま》に乗せ
背中をこごめて押して行く
大便を片付けて　ふと見上げると
満天の星・きらめく星座
澄みわたる大空に凛《りん》として
小さいが真ん丸い立春の月が
公園の樹の黒いシルエットをまるで
生き物のように浮かび上がらせている

家に戻り　つけっぱなしのテレビが
ちょうど厳冬の三山シリーズを
今夜初回の青森・白神岳だ
日本海　荒波しぶき　絶壁に吠え上がり
人も近寄れぬ奥地　原生林
その合間を風雪が舞い
乱れ飛ぶ
あすは北海道・氷爆の層雲峡

あさっては富士山頂測候所
氷点下十四度〜二十度の
自然界を追うと言う
かく我が未知への憧れを
映像が少しは充たしてくれるとはいえ
まっとうな体験からくる迫力も感じさせないで
これでよいのか　ひ弱な凡骨風情よ

思い出の中学校賛歌

歩く道のロマンがあった
今のように車の通らない道を
早朝のまどろみの抜けきらぬなか
考える事もなく通学の日々
気付くのが遅かったか
同クラスのガール・メイトが
黙々と背後から付いて来ていたのを

授業中は総じておとなしかったな
居眠りしている子も居なかったようだ
先生方は熱心で真剣だった
理路整然と知的に
なりふりかまわず情熱的に
反抗生徒はおったかな

休憩時間はよく遊んだね
一度昼休みに羽目を外して
部室の天井裏を散策しようと
言い出したのが真面目人間だから驚く
誰かがとんだヘマをして教室の天井を破り
五限目にその教室の担任の授業で即見つかり
立たされ　きつく叱《しか》られ　泣きべそをかき
ひどくしょげたのを覚えている

放課後はクラブ活動
皆精一杯に体を動かしたが
食糧事情は勿論今の比ではなく
すぐ空腹と疲労とを感じたよ
ひもじい時代だったが
分け合う暖かさがあった
疲れきった帰り道　二人連れなら
やっと買えた飴《あめ》を口で割り半分ずつ
それで十分満足できたね

人海戦術の労働体験もしたよな
同居していた南小学校から
新築なった我らが母校へ
各自の机と椅子を担《かつ》いで行ったね
ぬかるみのグランド整地に励んだことも
誰か文句を言ってたかな
夢と希望の作業とかで
我が耳には入らず

ああ我らが母校　青春の南中学校
A君よ　君は南中で　何を学んだかい
そうだね　友情とか初恋とか　人とのつながりをかな
Bさん　あなたは南中卒業生として誇りを持っていますか
ハイ　私の青春そのものです　良き仲間に囲まれ幸せでした
C君へ　今回の同窓会幹事役有難う　とても楽しいよ
そう嬉しいね　健康で長生きしてまた会いましょう
Dさんへ　次回幹事役お願いしてよろしいか
ええ　引き受けますよ　今日のようには
立派に出来ないかもしれませんが

結構　それで結構　本日ご出席の皆様方に
敢えて再び申したい　元気で楽しく生きようぜ
七十歳を越えたら又集まろうじゃないか
夢と希望　青春の伊丹南中学校
永遠に健在する如く　我らが五期会もそれに似て

タンゴ鉄道にて

いくつもの
トンネルをくぐり
白い雪の残る
山里を見つめていると
ここ丹後に住む人たちの
強靱《きょうじん》な精神の歴史と文化が
感じとれて
身ぶるいする
先ほど列車に乗る前に
早朝の凛《りん》と張りつめた空気に
触れたときと同じだ
絶景の「天の橋立」を見下ろしながら
宮津の宿で唄った人々
それぞれにその人の歌があり
特徴があり
人生の深さ渋さを思い出しながら
京都の現実へと向かった

凍る身ごころ

薄雪の道が凍る
見ている私の心も凍る
珍しい雪景色は初老には仏壇の灰
辛かろう　悲しかろう
かつて　噴火の島人
いま　東日本、巨大地震・大津波の罹災地獄
言語を絶する無数の死者や行方不明、避難の人々
原子炉建屋の崩壊やピットの亀裂による
被曝や汚染水流出の二次恐怖等
あれはカラスか
黒い鳥が私を見ている
テレビ・アンテナの窓の外
「君は何故か　浮かぬ顔をして」
鳥は押し黙って　動かない
寒がっているのは　私だけではない

ゴミのポイ捨てやめて拾ってみませんか

自治会長になって
大いに意識したこと
それはゴミとの戦いだ

町内には当初三つのちびっ子広場に
ゴミ箱がそれぞれ置いてあったが
よくゴミが溢《あふ》れんばかりに積み重ねられ
回収までにそのはみ出たゴミが
またカラスの餌食《えじき》になる散乱もあり
たまたま市役所との折衝の中で
ゴミ箱を撤去する案が出され
幾分不安ながらも同意して
暫く様子を窺う事にした

意外や意外
以前八割強混じっていた犬の糞が消え
外からの持ち込みゴミも無くなって
見違えるほどにきれいさっぱり

だが喜んでばかりもおられず
道路上にタバコの吸い殻や
犬の糞が目につき出した
そこで新しい提案を一つ私なりに
「ゴミのポイ捨てやめて拾う意識を」
この社会的規範を広めること
まず身近なところから

庭木切り落とし顚末記

つい先頃（二月中旬）のこと
ちびっこ広場で遊んでいた子等が
拙宅のベルを鳴らし「公園の木が燃えている」
慌てて駆けつけてみると
シュロの木が根元から燃えているではないか
とっさに公園入口前に設置の消火器を取りに走った
栓《せん》を抜き、ホースを火元へ目かけて発射
白煙が立ち込め、たちまち鎮火へ
「まだ上の方が燃えているよ」
木の裏側は強い風にあおられて火炎も見える
私は側にいた近所の若奥さんに
「班長さん宅からもう一本持って来て」と依頼すると
実に素早く二本目も速効で、同時に
消防車のサイレンを至近距離にきき、「助かった」

このボヤ騒ぎがきっかけで数日後放火予防のため
なんらちゅうちょせずに名産地で買ったノコを手に
拙宅の年輪五、六年の　直径十センチ程にも成長した
「ゴールドクレスト」を下から切り落としにかかる
ノコが良く、木が柔らかで何の苦もなく切れたが
このあとが実にたいへんだった
やすやすとフェンス越しに倒れてくれない
よく見るとフェンスに細い小枝が引っ掛かっており
その枝を払ったとたん、倒れた木の反発力で
私がはね飛ばされ、うしろのマイカーにぶつかって
尻もちをついたとき、（陰のうの皮膚が破れたらしい）
幸い頭は打ってなく、大事に至らずに済みヤレヤレ
立ち上がり下身部に湿り気を感じたが、気にせず
倒れた木の枝を払うのに一時間程度費やし
家に戻って、ズボンを脱いだところ
びっくり仰天、血がしたたり落ちている
イソジン消毒液でふきとり、とりあえず愛用の
オロナインをつけ、ガーゼとタオルを重ねて
午後四時に開く皮膚科へ三時半に家を出た

止血のため、マスイを打ち幾針か
縫ってもらった（創傷処理術を受けた）が、
自分で薬を塗る処置も覚えて
後日障害名を確認すると、「陰のう挫創」
それにしてもけったいなところのケガで
たまらなく一時はたいへん心配したが
名医（最近ＴＶで紹介された日本皮膚学会の重鎮）と
天恵の御蔭で事なきを得て
二ヶ月余りで治療完了のメドもつき
何やかやと本当に苦しい時期を無事乗り越え
ホッと一息ついてやっとこの拙詩を脱稿、万歳！

自治会設立四十周年を寿ぐ

とにかく猪突猛進
反対意見は薬となって
欲しいとばかり
手初めに三年計画で
五十万円予算の積立から

会場をどこにするか
どんなプログラムが良いか
来賓メンバーと祝辞を戴く方々は
記念品、冊子はどうか
アトラクションは

次から次へと押し寄せる諸課題に
会議のつど　当初からの
基本姿勢の復唱を忘れずに
「町内会員あってこその行事だから
皆にどんな還元策が喜ばれるか」

「毎年の盆踊り大会へ御厚志戴く皆様に
感謝の気持ちをどんな形で返そうか」

その一方で「周年行事をする意義」とか
自治会が未来へと進むムード作り等
質問や難問が提出される度毎に
オープンで真摯に話し合い
全会員対象のアンケートまでトライする激しさ

さらにその結果報告をいちはやく回覧し
主催する側の意気と情熱をほのめかす
また表向き任期一年の役員さんには
この式典が終わるまでは決して
意識的に辞めないで下さいと
新役員と手を組む依頼まで

嬉しや当日の朝は　五月晴れ　安全な堤防を

指示どおり各班単位で　会場へ笑顔の歩行
腕章付けた見守りチームの　応対爽やか

式場中央に据えられた大輪の花
その右側に赤リボンの来賓グループ
左には主催者側白リボングループの面々
出番に用意した「温故知新」書を掲げながら
私は主催者代表として先ず周年行事の意義を語る

続く来賓祝辞はまさしく豪華版
地元市長、市議会議長、府議会議員、元郵政大臣
それと最寄り一時的避難場所を了承済みの高等学校長
願っても無い顔ぶれに　写真フラッシュが勢いづいて
生存の元会長二名へ記念品（花束）贈呈も無事修了

第二部のアトラクションは大歓声
初めに我が子供会の舞台発表（ソーラン）
終わった直後の各保護者の上気した顔　顔　顔
ラストは高校吹奏楽部の見事な演奏　拍手喝采　幕

ある所感（底冷えの日に）

底冷えに心震わせ
気持ちをハイにわざと
二月の行事対策に案を練る
参加申し込みが少ないと知り
どんな工夫が最適なのか
閃いたのが「ご招待」
天気予報は幸い晴れ
私の運は悪くない
あとはじっと待つだけか

こんな自治会行事が通年十回余り
年毎に同じ行事を踏襲しても
その様相は変わって当然
改良や新機軸が必要に

昨年末より後期高齢者入りの私は
会運営を任されて今年七年目
後継者を積極的に根気よく待つ身だ
今はまさに「運・根・鈍」の余生にして
第一の詩作り長い道程を両重荷でよろよろと

今春の賀状に添えた拙詩は
「思い出せない」というテーマだった
それをこゝに吐露します

たった今記憶力が遠い空へ
夕べ浮かんだあの素敵な
一行さえよみがえれば
新しい詩が可能だが

こんな無念を最近たまに
老境に陥ったせいか
スッキリしないままに
又の世事に追われる日々よ

なごみ

病は気からと誰もが言う
気が滅入っていては
どの人の体にも差し障りが

私は週に一～二度のリハビリに
午後行き付けのクリニックへ
心身とも和みの福を貰いに

ストレスの発散を意識して
たまにはほろ酔い加減で
ワイワイ周囲と談笑する事も

話術に長けていれば
周囲に幾人か寄り添われて
愉快な話に笑いこけもするが

社交下手な部類の私ゆえ

他者の毒舌等気にせず
達観胸に孤塁を守る

健康第一だよとばかり
夫婦揃って早朝から
自宅でＴＶ体操続けます

堤防道を歩く人また多い
独りで、親子で、仲間らと
誇る桜花眺めては平和な笑顔

とにかく生きよう
規則正しく疲れずに
元気一杯和みの日々を

光芒

雨の日曜日
写真グループ展に出かけた
いろんな橋を
様々な角度から
結構楽しかったが
その人のは
上空をよぎる飛行機と
橋上を突っ走る自動車の
光跡を右上と中央下に写し出し
夕闇迫るほんの一瞬の
刹那空間を芸術化
写真技の極意を試さんとして
おのが生命の光芒とて辿《たど》ろうと

イノセンス

ゴォーッと、たった今
前からレッド後ろからはグリーン
二つの電車が交差して鉄橋を通り過ぎた
私は木津川の堤防に立ち
御幸橋《みゆきばし》の背後にある天王山《てんのうざん》と
四十五度以上も首を左へ回して
石清水《いわしみず》八幡宮《はちまんぐう》本殿で賑わう
男山《おとこやま》を眺めながら
辺《あた》りの景観に
気を引かれつつ
絶えず行き交う現代の喧騒を逃れて
堤防下の川沿いを歩き始めた
チッチチッチッと
葦間からツグミの餌ねだりの声か
上空では甲高いカラスの鳴き声
枯れ雑草の群《む》れる川岸広場に
細い小道を見つけ
こわごわ進むと河原に出た
清流がこまやかに息づきホッとする
急いで歩いて来たので
冬だというのにさながら春
いま平たい自然の真っ只中に居て
アイ・アム・イン・オール・イノセンス

渦潮グルメ旅

生まれて初めての渦潮巡り
淡路島で「はも料理」を食し
なかでも「はも鍋」による
新玉ねぎの甘味に引き立てられた
旬の味覚を堪能した翌朝
快適な出足で福良港へ
「あと五分で出港」の呼び声
とり急ぎ切符を買い咸臨丸に乗船
始発便とて僅か七名の乗客にて
貸し切り同然の優雅なムード

前方に小さな観潮船が
逆巻く白波の渦に乗り上げ
揺れる船上で必死に手すりにしがみつく
二人の男女が眼下を見つめている
こちらはゆったりと
迂回しながらの渦潮巡り

思わずその幾つかをカメラに収めたが
流れるスピーカーのガイド説明は
初老の耳には聞こえにくく
鳴門海峡この自然現象の
科学的根拠を是非にと
「うずしお科学館」へ直行

雨が降り出したが停車目前に
運良く　屋根付き通路を見つけ
濡れずに館内に入ったとたん
「うずしおシアター」が始まり
大きな会場に私と家内の二人だけ
入口で貰った立体映像用のメガネが
要所要所の迫力ある飛び出しをキャッチ
渦潮にまつわる感動絵巻の見事な
出来ばえに　終了後思わず拍手

シアターを出た真正面に
子供向けの絵本コーナーが有り
めくって見ると、とても分かり易い
渦潮の図解説明が、私も腰掛けて
ゆっくりメモをとる気になった
たまたま鳴門が渦潮の出来る
条件に適《かな》った海峡であると
漸く理解して頭スッキリ

大鳴門橋を渡り「渦の道」へ
そこでのパンフによって
渦のメカニズムを復習
「どうして潮流が、渦が発生するのか」
さらに春と秋の大潮《おおしお》の頃には潮流が
二十キロメートル以上にもなり
渦潮も直径二十 米《メートル》 以上のが
観られることを知る

展望床から四十五米下《した》の戯《たわむ》れ白波を眺めつつ
四百五十米先の戻り口まで、壁掛けの昔の鳴門付近の
写真や
海からの涼しい潮風をも楽しみながら
自然が織りなす神秘世界に
埋没し得た自分が嬉しい

メモ書きしたレオナルド・ダ・ビンチの
「大動脈弁の働きには血液中の渦が関わる」
この言葉から私はふと大自然界の動きのリズム
生誕の脈動、生命の燦めき、反動の綱引きリズム
阿波踊りとてその根源は渦潮に起因するのでは
そんなことを考えながら、今晩注文している
「あわび創作料理」を空想、期待もして
讃岐五色台の方へと瀬戸《せとうち》内海岸線を

早春の詩風

人間なんて
ちっぽけな存在かな
強い春風に湯煙が流れ
大鳴門橋が正面に見える
南淡路休暇村・温泉露天風呂から
橋上をちょうど急ぐ幌トラックがゆるり
まるで白い蟻一匹が荒野を突っ走るように

さきほど灘黒岩水仙郷を巡り
風に揺れて笑顔の花々と
辺り一面の純な香りにうっとり　はしゃぎ
その終着間際　丘の曲がり角で
渦潮クルーズの某船長さんが
鳴門観潮のパンフを片手に
「今日の午後は大潮で絶好ですよ」

海上では命を託すお人に
陸で謙虚に頭を下げられて
私はといえば昨年暮れに退職
アルバイト先で使い過ぎたのか
右側の首・肩・腕・指に至る
ラインの鈍痛がおさまらず
リハビリに専念する始末
仕事を離れてはみたものの
早朝起床後のＴＶ体操は継続
朝食済んで意識的な散歩兼外出
しかし何となく気が張らない為か
動作も緩慢でいよいよ年寄りくさく
気持ちまで滅入って来てしかたがない

そんな私に
次回の旅はどちらへ
詩は書いておられますか
自治会長をやって頂けますか

何より健康第一に、と囁く天の声

人と自然の博物館

朝刊を見て驚いた
先日自治会バス・ツアーで行ったばかりの
三田市に有る県立「人と自然の博物館」の異色物
「丹波竜」の化石—その発見の足下で今度はまた
国内最古級　哺乳類の化石が見つかったという

丹波竜というのは
大型の草食恐竜のことで
展示コーナーには　肋骨、尾椎、血道弓などが
朝日新聞の記事によると
今回の哺乳類化石なるものは
体長約十cm《センチ》の　外見はネズミに近く
その右下あご（長さ約二・五cm、幅約一cm）が
兵庫県篠山市と丹波市にまたがる「篠山層群」の
下部層（約一億三千九百万年〜一億三千六百万年前）
から出土され　現哺乳類の祖先に近い種類で
進化の起源解明の貴重な手掛かりだという

私達一行は　とちの木やけやきなど
各町並み毎に　道路沿いの樹木が固定され
幹線道路を横切る陸橋毎にも　からたち橋や
ねむのき橋、はなみずき橋等で呼称され
その名も「ウッディ・タウン」という
ユニークな未来型先端都市の一部を
バス内より垣間見ながら　最新の
大型博物館に到着　大半は古希前後のシニア達
よもやカルノサウルス、メンサウルス等の
恐竜名とその模型に接近し得て　太古の
世界へと深遠な思いを馳せつつ館内を巡ろうとは

当日は中学生の団体も体験学習に参館して居《お》り
珍しそうにグループで館内を駆けずり回っていた
昨今　当地の若い世代に　恐竜ブームが浸透
小体軀ながら大きな夢を見詰める心を育む狙いか
意気や良し　人類の未来を広大無辺と信じたい

古希祝う雪

冷える早朝
目覚めれば再び雪が
新聞を取りに玄関を開けると
辺り一面　五～七センチの白銀積雪
二週間前は昼間に大粒ボタン雪
今回昨夜から降りしく細雪
我が古希を祝うが如く
珍妙なり天の采配

従来拙詩に雪の題材乏しく
厳寒の辛い自然との格闘ものや
冬のロマンを詠《うた》い得なかった詩歴に
二度にわたって目に焼き付く雪景
正に天運としか言いようがない

高校で初めてスケート講習へ
よく転ぶ怖さと氷冷の非情を知り
スキーは職場の先輩から初めて誘われ
ボーゲンまではなんとか出来た
翌年リフトに付き従ったが
自力で降りろとけしかけられ
こわごわ急斜面の中腹当たりで転倒
爾来ウインター・スポーツとは無縁状態

苦《にが》い思い出とはうらはらに
幸い骨折や怪我を知らず
入院経験も全くなしで
定年後は意外に元気
古希を迎えて二ヶ月半過ぎ
詩集テーマに雪を意識するとは
過去の私なら想像すら出来なかった

滋賀・疎開地の辺りへ

車かJRにしようか
間際まで迷っていたが
結局体調ほかが気になり
マイ・カーで行くのを断念
思わぬ時間の短縮ともなった

目的の「瀬田」駅が近づくにつれ
幼少時に疎開していた思い出が蘇《よみがえ》る
多分膳所駅からほど遠い山寺だったたか
碧空にB29のキラキラ反射が眩《まぶ》しかった
大釜のコゲ飯のまたとない味や
青い硬い梅の実をかじったひもじさ
誰かの金平糖を拝借したほろ苦さ
そんな事どもが脳裏を駆け巡る
今年二月頃にも　石山駅
最寄りの刑務所まで面会に
帰路瀬田川畔の石山寺に詣で
紫式部参籠の「源氏の間」を知り
参拝記念に絵本源氏物語石山版を購入

何らかの因縁の糸が引き寄せるのか
JR琵琶湖沿線の　この界隈に魅せられムードで
やがて瀬田駅から待つ間もなくバスが発車
大学、高校、県立図書館、美術館が並ぶ
地域自慢の「文化ゾーン」を経由して
新しさと田舎っぽいムードが混在の
滋賀医科大学医学部付属病院が終点だった

この病院なら文句無しとの直感は
カウンター越しに二言三言交わして
どの相手女性からも親切・丁寧・笑顔で
立証され、また杓子定規でない応対のお陰で
昼食時に私も持参パンをかじりながら面談
作業中に二米《メートル》弱の高所より転落し

鉄ハリに強く横腹を打ち付け
腎臓損傷　尿の出を良くする為に
カテーテル挿入手術も昨日受けたとか
「人間万事塞翁が馬」と言われるが
幸い私は古希まで怪我や病気入院はゼロ
ただ小学校に入る少し手前の頃に
川にはまって溺《おぼ》れ　誰かが差し出した
竹竿で命拾いした記憶が今も鮮烈に
また五十代前半　義兄の車に同乗
他車と接触したが軽く済んだ事
三度目は六十歳間近い頃に
屋根に昇ろうとしてハシゴが動き
横転する寸前にそれが真下に滑り落ち
奇跡的に止まって助かった事など
いずれも運の良さで事無きを得た我が人生
帰途しみじみと「私は生かされているんだなあ」

極楽山浄土寺

キラリと心に光るもの
その表現が詩であるとすれば
私は極楽山・浄土寺にそれを見る
私よりいくつ年上だろうか　恐らく
地元ガイドの彼も詩心が分かる方《かた》だろう
真夏午後遅くに再訪せよ、としきりに勧める

初めて訪れた団体の一員だったが
好奇心人一倍の私は素直に受け止め
平成二十二年八月三十日ついに再訪断行
町内盆踊り大会の労をねぎらう意図も有って
前夜には美味なハモ鍋を食し　温泉に浸かって
ちょうど宿の前が国道三七二号線
教えられたとおりひたすら社《やしろ》へ
若干まごつくが一七五号に出
小野市を目指しまっしぐら

午後一時過ぎに寺に着く
「あと三時間弱をどうすごそうか」
「真夏の真昼どき故　動かず午睡でも」
拝殿裏の日陰に　格好のベンチが有った

三時半きっかり国宝浄土堂に入り
ついに阿弥陀三尊立像に再会
賽銭箱に小銭を入れ拝顔後
正面向いたまま背を柱に
あぐらを組み時間の経過につれ
堂内の輝き等をつぶさに観察する

右手入り口から「つくつくおーし」が聞こえ
奥窓枠の隙間で木の葉が白銀色に揺らぐのが見え
正面・左手辺りの隙間からは反射光がまばゆく
天井を照らし　朱色の梁を一層赤く染めて
合間の角材に塗られた白色を際立たせ

像全体が黄金色に輝くときが人々の
脳裏に焼き付く極楽・浄土空間か
西日を背後に御来迎の阿弥陀を目前に表現し得て
まさにこれが仏師快慶の後世に伝える詩といえる

＊夕日差し　黄金《こがね》に浮かぶ　阿弥陀像　再会果たし
　良き夏佳き詩《うた》

詩を生きる

詩を想いながら
詩で生きるのではなく
「詩を生きる」と表現したい
そのため　心は詩的に
専ら詩的空間に自己を埋没させ
自然への瞠目・賛美や驚嘆・畏怖など
素直な反応と、寝枕もたまには旅でとばかり
日常とは異質のふくらみや柔軟性を
我が人生に培いつつ　さらには
詩を生き切ることを覚悟して
その術や力量を余生に開拓せしめんと

暑さ凌いで

死に急ぐ　こともあるまい　酷暑ゆえ　我慢だ工夫だ
　新風《かぜ》を呼び込め

熱中症が猛威をふるう
妻も慌てて掛かり付け医院へ
梅雨明け十日余で死者百九名の内
高齢者の比率が一番高く七割を越すとか

動けば汗だく大暑のみぎり
川や海での水死事故はもとより
山では遭難者を救助中のヘリが墜落
スイスでかの有名な「氷河特急」の脱線
一人死亡、九人重傷、この内二人が意識不明
暑さ故レール変形等の自然現象とは別に
「人為的ミス」の可能性も有るとか

私は昼寝後　頭もすっきり　夕方から
出身大学某支部の三十周年記念同窓会へ
当支部長が在学当時からマンドラの名手で
彼を中心に関学マンドリン・クラブOB九人
「アンサンブルNOVE」コンサートで始まる
冷房の効くホテルの広場、ユーモア絶妙の語り役
「ムーンライトセレナーデ」「ばら色の人生」等
なじみの甘い曲に身も心も次第に陶酔境へ
ベースのアクセントが実に快く響き
マンドリン・マンドラ・ギター
四重奏の見事なハーモニーに
酷暑のトゲトゲしさも消え
初の参加と少々高価な会費で
躊躇したのが、「来て良かった」
拍手を重ね至福の時を十二分に謳歌
みな笑顔の楽しい夕べとなった

温泉付き　人間ドック

定年後はまじめに人間ドックへ
かつて　胃にポリープが有ると言われ
しかるべき精密検査をしたら
見誤りと判明したのが五年前のこと
今度は自身の判断で大腸検査を希望した

その四日前　続けて四年目の済生会中津病院で
提出した便に潜血反応ありと宣告され
我が判断の間違いのなさを確信
ときに　同病院に温泉風呂が付き
検査後は　ほんにのんびりと
今まで未体験の大名気分
おいしい食事も付いて
超満足で表玄関へ
すぐ目についたのが
高額寄付者ご夫妻の頌徳碑と
ケヤキの下に北野中学校跡の記念碑
我が古の母校跡と好感の病院と
浅からぬ因縁を思って駅へ

盆休み明けの腸検査の結果
「ポリープが六つ有り　大きい二つは年末に除去しま
　しょうか」
「放っておいたら　ガンになりますね」
「次から次へと追いかけないと」
懸命な質問と決心との時間差なし
一日おいて私の好日時を予約

カイロプラクティック

耳順《じじゅん》を過ぎたころ
首を回す度に痛みが走り
整形外科は「変形性頸椎症」と診断
吊り器具や電気治療で半年以上経ったが
頑固にも症状は変わらずに
別の鍼治療とて効果なく
縋《すが》る思いでソフトタッチの
カイロプラクティックへ
喜び勇んで通っているうちに
奇跡としか言いようがないほどに
快方の兆しを見せ始め
世紀末のどさくさに
気の晴れない日が続いていたが
やっと二十一世紀への道筋が開かれ
この素晴らしい天恵に
手を合わすことしきりです

我が喜寿と越年のうた

「もっと生きたい、十年余り」
私の喜寿はこの願望への引き金となった
間隔二、三ヶ月の採血によりＰＳＡ値が順次上がって
最高値に近いとの主治医の判断で検査入院を
その時前立腺組織を十三ヶ所ほど穿刺した幾針かに
三から三・五ラインの反応が有りとの結果から
通院三年目でやっと主治医が「前立腺癌」と宣告
私は根治療法として、手術でなく放射線治療を選択
この痛くも痒くもない治療がすっかり気に入り
ほぼ二ヶ月間、全三十七回をまじめに受診
残念ながら終盤に一回だけ失敗したが
それはガスが溜まっていてやり直しを二度命じられ
一時間ほど予約の順番が遅れ必死のトイレ往復を

老齢になると、生き物はみな大小便との闘いだ
検査退院時に自分から心配で飲み薬を要求したところ
大便用に「ヨーデルＳ糖衣錠80㎎」
排尿用に「タムスロシン塩酸塩ＯＤ錠0.2㎎」
これを前者は就寝前に２錠、後者は朝食後に１錠
幸いこれらの薬が私には良く効いて治療以降の宝物
更に有り難いことに治療後からＰＳＡ値が下がり始め
喜寿の夏には、基準値4.0以下の3.1（七月）から
十月には2.0へと、さっそくお祝いかたがた温泉旅へ
国民休暇村「越前三国」で、美味なフグ料理に舌鼓を

また無事越年の正月五日までは夫婦共に上機嫌で
元旦はカニ、二日と三日は連続して猪肉を、四日と
五日は魚介類を主に鍋料理で、うどん・餅付き
そして実の温泉代わりに薬用入浴剤入りの家庭風呂へ
　毎日夕食前から空腹ならいで
こんな大名然の、優雅な日々が長く続く筈もない
案の定、近くの大正川堤下へ散歩に出かけ愕然とした
左足に痛みを覚え、歩行困難さえ感じて、早々に帰宅

幸い掛かり付け医の休み明けの日にリハビリT先生に
窮状を打ち明けると「冷やさないで」と厳命され、
すぐ桐灰カイロを買いに走った。
リハビリE・M先生には技術的に相当深い部位まで数
日間にわたり治療していただき
最後の切り札K院長先生を頼り、X線とMRIの検査
をして頂いたのち、
「お腹の辺りに血管が圧迫されて細くなっていて、そ
のせいで神経の痛みが生じていると思われる」
「漢方薬（ツムラ疎経活血湯エキス顆粒53）を内服用
に出しておきましょう」
毎食後に数回飲んだところ、嬉しいかな痛みが消えた
この痛みが癌治療の後遺症とでも言えるのか
あるいは高齢ゆえに自然に生じてきたものなのか
神ならぬ身の知るよしもないが　ただ根気強く仲良く
病気と付き合ってさえ行けば、自然に身の処し方も分
かってくるはずだと、
私なりに心底理解出来るまで　何としても生き抜いて
行かねばならない。

住めば都

大粒の雪が舞う
凍えるもろ手に息を吹きかけ
窓外の風雪の勢いに我を忘れて
ただ茫然の人となる

いつ止んでくれるか見当もつかないが
リハビリ通院が気にかかる
止まなければこの本でも読もうか
睦月・大寒数日後の午後二時予報どおり
どちらかに決めようとばかり
部屋変えしかける直前
外へ目を転じ驚いた　雪が消え
今度は戸締まり　陽も射しかかる

北国の豪雪と見聞き比べて
健康第一掛かり付け医がすぐ近くに
数日来の酷寒にも堪え得る幸せ

我が余生のつつがなさをかみしめ天に感謝

青空へ舞う鯉のぼり

鯉の季節が巡って来た
寒かった三月下旬頃から
近くの大正川、草が豊富で水かさ有る辺り
パチャ・ピチャ・ペチャ　音がして
水面に円い波紋が広がり
よく見ると　大きな鯉の群れが
産卵のためにか動き回って
川が今年も生きる気配

人の知恵は時代と共に高度化の傾向か
大きく膨らんだ夢に成果を齎《もたら》し始め
先ず阪急電鉄摂津市駅が出来た
直ぐ近くの丘陵地には保健センターと
コミュニティー・プラザが新設され
市民が健康で交流や親睦の広場を共有
ソフト面でも　駅前の高層ビル（三十五階建て）が望め
対岸の背景には　平和の鐘十五基のカリヨンも聳《そび》える
大正川の中心付近　総勢一、一一一の手作りの鯉のぼりが
両岸に固定の綱に三匹ずつ左右十本単位で二箇所に垂れ
それらが一斉に　自然の風にそよいで青い大空へ舞い躍る時
見飽きぬ風情が有り　市の新たな風致エァリアとして楽しめる
今日は「こどもの日」、家族や大人達も喜々として
二日前には個人のカラフル・テントも二基見られたが

陽はまた昇る

昨夏は暑すぎ
この冬は寒すぎ
大地震も近いという
自然は我々の味方かな
辛抱ばかりでは疲れ果てる

喜怒哀楽にも限度があろう
いっそ視点を変えて
夢を生きる　旅を生きるとか
自らの人生を（　　）を生きると設定
その根底には「陽はまた昇る」の意識を
忘れずに持続させて行こう

冬が過ぎれば春の訪れ
強い風雨の晩も翌朝には陽の光
心身共に暖かく元気になって
「さあ、生きるぞ」と前へ

はるかなり人生

軽井沢に
サイクリングの輪も軽やかに
若者たちの群れが小躍りして行く
私も僕も
ふるさと遠く離れて
学園から巣立ち行く楽しい思い出の
ページを刻み込みながら

私のボーイフレンドよ
室生犀星の
正宗白鳥の
情熱の文学精神にふれて
若き血潮を駆り立てよ

僕のガールフレンドよ
母なる大地に清らかに育む《はぐく》
自然の大らかさと
やさしさをかみしめて
君の可愛い口許に笑みをたたえよ

雄々しき浅間山のふもと
大きくアーチする虹はなんの象徴か
都塵からほど遠く離れて
天空に清純を投げかけ
心洗われる思いは別としても
駆け足で過ぎた雨の白樺並木に
ひとしれず感涙をおぼえて
懐かしい人の面影を忍ぶ一瞬《ひととき》

次々と出くわす新たなシーンに
私もあなたも想うことは
決して同じでないはず
晴れの日も雨の日も
人は皆そのつど心を乱して
一ページずつの記録を残して行くのだ

ああ　はるかなり人生
澄みわたる青空の下
どっしり腰の八ヶ岳や
から松の均整山肌美《やまはだび》の八千穂高原
これらの大自然を賛美しながら
私たちの信州の旅よ豊穣なれ

我が街「せっつ」

――大正川の近くに住んで

大正川こそ我が街だ
私は毎朝決まって
六時二十五分に家内とテレビ体操を
その直後から一人で散歩に向かう
我が家を出て、北西方向へ
十分も経たない内に
「長曽橋」に来る
手前右の提防沿道には
阪急自動車教習所入り口が有り
私は自動車の往来を避けて
歩幅約三米の広い歩道を渡り
正面「昭和園」の公園時計を見ながら
左側へ堤防道をたどると
前方右方向に、新設なった
阪急電車「摂津市駅」近くの東側に
そびえ立つ、タワー・マンションが見え

対岸左側には、老人福祉施設の
「せっつ桜苑」、その斜め奥南側沿道には
私自身が当地に転宅と同時に、転任兼赴任先で
当時新設二年目の「大阪府立摂津高等学校」が健在
後日、市立の第三中学校・三宅柳田小学校も創設され
学園の文教地域が南へ延伸しているのが分かる

「摂津高校」こそは、我が青春のシンボルだった。
初代校長は大阪府教委保健体育課長より転任のT先生
初代PTA会長が、当時の摂津市長で後日国会議員と
　して大活躍のI先生、
まずはこのお二人から大歓迎の気さくな声かけをして
　戴き、身に余る光栄を直感、後日また、
市が公募した「摂津音頭」の作詞部門に拙作が当選、
母と嫁の目の前で、市長さん直々の表彰状を受け取り、
面目躍如の瞬間を味わわせて戴きました。

新しく成立した町内の各自治会長さんからも目をかけ
られ、若くして手伝ったりしている内に、
自分にもその番が回って来たらしく
定年退職直後より、自治会長として満十年勤続、
目下高齢化社会の一員として、せいぜい体力も温存し
ておきたいと、
近くの大正川の純自然力の恩恵を毎日有り難く大いに
蒙っている次第です。

二十一世紀へ

山の峰が夕陽に染まり
谷間の冷やこい風に
黄紅葉が舞い散る坂道を
ゆっくりとハンドルを切りながら
とっくにこの世を去った人々の
面影をふと思い出しつつ
いま新世紀の到来を意識する
めくるめく寂光《じゃっこう》の中を
花鳥風月や星を友に
あの空の彼方へ
我が悠久たる想いをふるわせて
もっと見たい、聞きたい、そして会いたい
まだまだ情熱の火を灯《とも》し続けていたい

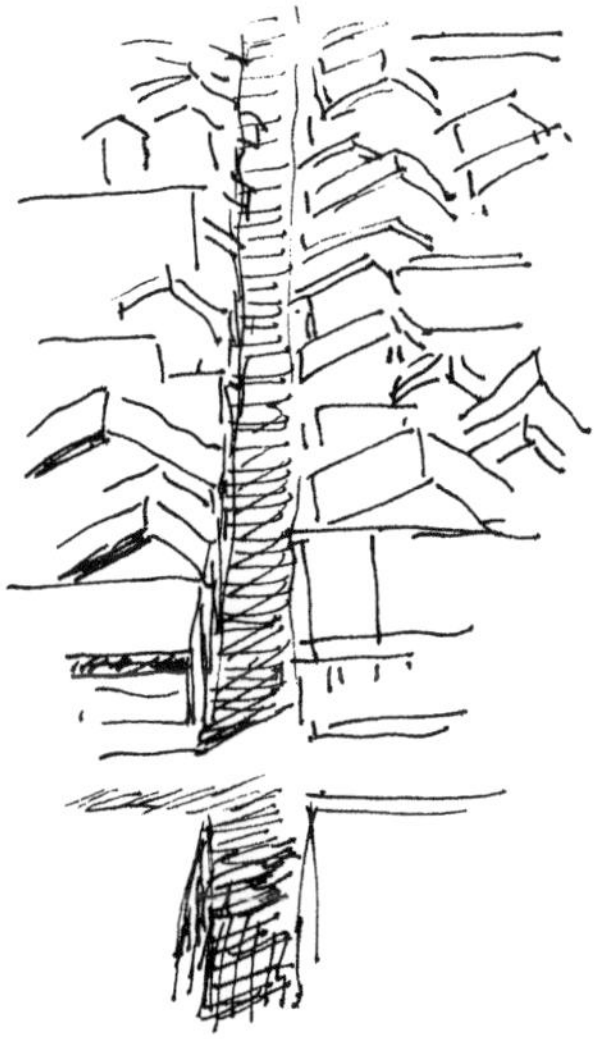

開聞岳

わが妻（薩子）のふるさとは
薩摩富士と親しまれる開聞岳のふもと
結婚後挨拶に訪れ、馳走焼酎の美味忘れられず
あれから一体幾十年ぶりに仰ぐというのか
いま観光の長崎鼻からは平和でのどかな佇まい

指宿温泉で泊まり
翌日枕崎漁港にて削りカツオ節を買い
初めて知覧特攻平和会館へ来て
愕然　通路左右に石灯籠が立ち並び
なんと特攻戦死者と同数設置とか
そして年端も行かぬ若者達が
日毎になじんだ麗しの開聞岳に
各自思い思いの惜別を告げて
南方の地獄界へと突進して行った
その時お山はどんな風貌だったろうか

（館の外に映画「ホタル」のモニュメントも有り
以前鑑賞後に作った拙詩をここに）

若い特攻隊員の
死してのち生還への情念は
ホタルになって帰還するという
親子や故郷や
同期の飛行士たちとの
命をかけた絆の中で
人々が支え合い
愛し合う優しさと
意志堅固に生き抜く気概とを
美しい情愛を通して教えられたが

Mount Kaimon

Affectionately known as Satsuma Fuji,
My wife, Satsuko's home town is at the foot of Mount Kaimon—
I recall even now the special liquor to which we were treated on our nuptial visit.
How many decades have passed since looking up at it now,
Standing there so quiet and peaceful, from the tourist spot of Nagasaki-bana?

I stayed at the hot spring of Ibusuki,
Bought dried bonito at the port of Makurazaki the day before,
And paid my first visit to the Chiran Peace Museum.
The severe shock—stone lanterns on either side,
One for every dead pilot;
And I wondered how Mount Kaimon would have looked to them—
To those young men who shall not grow old:
Each with his own private thoughts, saying his farewell
To its familiar, soothing, daily presence,
As he headed in attack towards southern hell.
(Outside was a monument showing the film, *Hotaru**,
 And here I place a poem I had written on first seeing the film.)

Let us be taught by the beautiful love
Of this young pilot,
Who, soon after his death,
And wanting to come back to the world of the living,
Returns to his home town as a firefly.
Let us be taught by the strong, noble will to survive,
And by the tenderness
Between those around him—
Between loved ones bonded by blood, or soil,
Or between comrades who would give up their lives for those they loved.

**Hotaru* (Firefly) in English

ヤング・ドーター

わが家に留学生がやって来た
ニュージーランドからだ
私立中学校で英語と
母国の文化を教えるという
慣れないせいか
畳の部屋でも平気で
スリッパをはいていたが
On the wooden floor only
とか言って止めさせた
バス・タブに
使ったお湯をそのまま
朝まで残していたのに気付き
Don't remain the hot water after you.
なるメモを朝食時に読んでもらったり
とにかく英会話のやり取りのほかに
日常の食い違う所は気になった
さらに神経を使ったのが

私がつい通訳を忘れて
彼女と対話がはずむなか
妻が理解できずにやきもきして
表情がこわばる場面もあったりして
気の休むいとまがなかった
マーサーはそんなことお構いなく
日本の蒸し暑さに喉が渇くのか
お茶や水ばかり飲み干し
御飯はほんの少しだけ
金髪を奇麗に整えて
外出着での朝食は実に華やかで
天から若い娘を一人授かったような
楽しく幸せな夢の一ヶ月が過ぎてしまった

A Young Daughter

Came to stay—a student from overseas
from New Zealand
came to teach English
and the culture of her own country
at a private junior high.
Not adapted to our ways
she walked freely on our matted floors
slippers on.
I put a stop to that with,
"On the wooden floors only."
When I found her bathwater
still in the tub the morning after,
I gave her a breakfast note to read,
"Don't remain the hot water after you."
In such ways, I was nervous about talking to her
and about her alien manners.
But the worst thing
was to see my wife's expression stiffen
and get irritated because she could not understand
when the conversation between us became lively
and I had forgotten to act as translator—
not a moment's relaxation.
Yet Martha worried not about such things—
she just drank vast quantities of tea or water
and ate the bare minimum,
no doubt because of the heat and humidity.
A delight to the eyes at the breakfast table in her 'going out' dress,
her fair hair so beautifully combed and set—
as if a daughter had been sent from heaven,
The month passed by like a lovely, happy dream.

わがまち礼賛

私が住んで四十年
「住めば都」と言われるが
川だけは指折り数えられるほど在り
淀川、安威川、神崎川、大正川、防領川
最後尾から二川が近くを流れる
幸い雨風が比較的穏やかで
多分ここが私の終焉の地となろうが
次なる世代へ申し伝えたい一心で書き残す。

さらに次へと

若さが溢れ活気あるまちがいい
摂津市桜町一と二丁目の境を横切る防領川のせせらぎに
大きな鮒や鯉、たまには鴨や白鷺が行き来して
春、さくら公園は桜花爛漫、憩い・安らぎの場となる
あの人達、この人達、笑顔の語らいが見られる街角
子等の遊び声も賑やかに、大きく弾けて、
さらに次へと

平和で豊かな和のまちがいい
西隣には、のどかな流れの大正川が在り、その手前東側には
小・中・高の学び舎が、一直線に並び立つ青空のもと
明日への夢や希望がおのずと湧く文教エリア近くで
子供会、自治会、桜会(老人会)の三者がスクラム組めば
オール桜町に満ちる幸せ、家族や近隣の絆も愈々強く、
さらに次へと

美しく住み良いまちがいい
挨拶や会釈を交わし、だれかれとなく
言葉を掛け合い、元気を　ギブ　アンド　テイク
ゆとりの心で助け合う優しさ、苦労を分かち合う朗らかさ
まちのモットーは何だっけ、ああ、平素からの
「ゴミは捨てるより、拾う意識で」、これをみんなで、
さらに次へと

Adoration to My Old Town

Forty years I have lived here,
And, as they say, the capital is where you live.
My old town has as many rivers as you have fingers—
The Yodo, Ai, Kanzaki, Taishō, Bōryō—
The last two running close to my home,
And blessed with a milder climate.
No doubt this is where I will spend my last days,
And so I pen this message for the generation to come,

And still onwards.

I hope it is brimming with the liveliness of youth—
The whispering rill that separates Sakura-machi's two districts,
Still Eden to great roach and carp, still visited by teal and heron.
I hope the park is still a blaze of cherry giving rest and comfort in spring,
And on street corners, happy-faced people still chatting,
And the healthy echoes of children still playing, and onwards
I hope it is full of peace and harmony—
That the Taishō will still flow gently past the western edge, and east,
School buildings for every age still lined under the blue sky;
That, near this spring of learning and its future dreams and hopes,
The kids club, the district committee and the seniors circle
Will still scrum together to strengthen bonds and happiness, talking with one another.
And onwards—

I hope it is beautiful and easy to live in—
That its people will nod and greet each other,
That they will stop to talk and share their blessings,
That their hearts will be tender in times of need, and cheerfully share their troubles,
And, as one, remember its motto from day to day,
"Do not litter, please. Pick your rubbish up"—
And onwards.

我が喜寿のうた

後期高齢の年相応に　大小便との闘いが始まり
保健所誘いの集団検診を皮切りに　数値の疑いで専門医へ精密検査
血液検査でＰＳＡ値の変化を観察　基準値4から次第に5、6、7へ
前立腺生検のため検査入院一泊　蛙の解剖まがいに特殊椅子に座り
麻酔後肛門から超音波の機器を挿入　直腸より中空の針を穿刺して
12箇所以上も前立腺組織を採取　その結果遂に「前立腺ガン」と

母（結腸ガン）　姉（胃ガン）　そしてこの私すらも
遺伝に因るのかどうか　三度目の正直とばかり
身内の気安さで　見舞いかたがた看病の実体験から
この度の事情は淡々と受容でき　備えの身辺整理も若干したうえで
根治を目指すと医師の言う　放射線治療に闘志を秘める
時は平成27年2月25日　生まれて初めて治療台へ
治療開始　痛くも痒くもない　普段と少しも変わらない
天の加護か　今まで順調に推移したうえに　幸先良いスタートだ
この治療の鍵は　医師の指示どおり　尿と便の調節だろう
昨年9月の検査入院直後より　尿の出を良くする薬を朝食後一錠
寝る前（本来は便秘時）には便通を促す薬（ヨーデルS）を二錠
この二種類の錠剤が私によく適合し、今や貴重品扱いだ

4月中旬まで　土・日休みで　計37回で終了の
首尾はどうか　そして結果は　私自身の興味はつきな
　いが
さて、4月に入り最終コーナーとなり　気を抜いた訳
　でもないが
寝る前の薬を飲み忘れ　それがきっかけで　リズムが
　狂い
「ガスが出そうだから、出してきてください」と言わ
　れ
再度「まだ溜まっています」とやり直しを言われ
小一時間程待たされた揚げ句　帰途のトイレでもおま
　けの粗相
唯一の大失敗だったが　懸命に通った大阪府立成人病
　センターは
2年後に「大阪国際がんセンター」として新築移転、
　日本一をめざしつつある。

Suddenly, I could not wait—my once and only embarrassment.
Yet I have pinned my hopes on this hospice—and on being here two years on
When it re-opens from new premises, by the name of
'Osaka International Cancer Institute'
Aiming to be the top in the country.

Birthday Song at 77

Old age starts with the fight down below—
A general recommendation to check things out,
Leading to a close examination by a specialist for something found,
And the monitoring of my PSA as it rises from 4 to 5 and from 6 to 7;
Then an overnight stay to check my prostate glands,
Sitting like a frog awaiting dissection,
As they probe my deadened lower quarters,
Needle samples from here and there—
And finally they tell me I have cancer.

Mother, sister, and now me—
No denying our genetic sentence.
The doctor puts my visitors at ease with,
"We will use all our experience to ensure that everything
possible is done for a patient in such circumstances"
—meaning radiotherapy.

On February 25th, 2015, I was on the operation table for the first time in my life.
We started—no pain, no itching, everything normal—
And so, as if protected by the powers above, all went well.
As the doctor said, the key was controlling down below—
One capsule after breakfast to keep my liquids flowing,
Two before bed to loosen everything up—
And never a day missed since last September's probe.

By mid April, after 37 weekday sessions,
With expectation welling up inside—what developments—what results?
And, though I have never lost hope, at April's final corner,
I forgot my bedtime dose, and all started to go wrong.
"We need you to clear your wind beforehand," they told me the first time;
"You'll have to come again. You're not completely clear," the second.
Then, after an hour of frustration, on the way home,

去年《こぞ》・今年

寒気に負けてすっこんで居たが
新聞右下の晴天マークを見て
朝の陽《ひ》当り散歩をしたく
食後すぐに家を出た

既にトイレは済ませていたが
百メートルも行かない内に
ネイチュアー　コールズ　ミィー
右手の角《かど》に「病院」が見える

昔　母の入退院で　よく出入りしており
気安く受付嬢に軽く会釈しただけで
新装なってとても奇麗なW.C.へ

病院の目の前は大正川《たいしょうがわ》　去年その堤防下道《したみち》で
急に歩行困難になり　毎日リハビリ通院を繰り返し
お陰様で　歩ける喜びを思い知らされた

川の風情《ふぜい》は以前と何ら変わらない
あれはマガモかカルガモか
総勢二十羽ばかりが入り交じり
ゆったりと遊泳している

丁度その先一メートルほど手前に
白鷺が一羽細長い脚で突っ立ったまま
首をかしげてじっと何を見つめているのか

私はといえば今年は頻尿勝負だよ、とつい声をかけた
く

Last Year, This Year

Shutting myself indoors against the cold,
At the foot of the paper, my eye caught the small sunny mark,
And, wanting a stroll in the morning sunlight,
Left home soon after breakfast.

I had already been to the bathroom,
But before going a hundred meters.
Nature was already calling,
And, to my fortune, saw the hospital's sign on the corner.

I had been there often when my mother was a patient,
So, with a simple bow to the friendly receptionist,
I made my way to the lovely, new toilets.

The building faces the Taisho River, and on the path below its bank,
When walking became suddenly difficult, it was my daily rehabilitation course,
And thanks to it, I now know the joy of being able to walk.

The scenery has not changed a bit—
Are those mallards or spot-bills?
Some twenty birds mingling together,
Swimming slowly at ease.

And just about a meter ahead of them,
An egret standing erect on his long, slender legs,
Staring, motionless at something with his head to one side—

And nearly announce—for me, this is the 'bowel year'.

Ⅱ章　音楽関連詩篇・歌謡詞篇

夢想郷へ

メゾソプラノの
M教授のリサイタル「夢」は
いつになく深くまろやかな歌声で
目を閉じながら聞いている私の脳裏に
快いささやきのリズムをかなでていたが
ふと私の意識が碧空をさまよい始めたとき
確かに彼女の心の声を聞いたような気がした
蒼穹の彼方へ一緒に旅立ちませんか、と
満堂の人達も同じ思いではなかったか
鳴り止まない拍手に五回も
アンコールを重ねて
円熟の極みに陶酔
帰りの夜空が
澄みわたる

ブルガリア弦楽オーケストラ

プラメン・デュロフ指揮の
ソフィア・ゾリステンを聴く
バッハ「G線上のアリア」が皮切り
マネス、シューベルト、ボッケリーニ
パッヘルベル、クライスラー、モーツァルト
チャイコフスキー、ドヴォルザーク
ハイドンの「セレナード」と続き
さらに瀧廉太郎「花」
山田耕筰「赤とんぼ」まで付いて
なじみ曲が多いせいか十二分に楽しめた
なかでもシューベルトの「アヴェ・マリア」から
演奏者の指によるバス音程と
熟練のヴァイオリンの
上空に響きわたる高音部とが協奏し
聖母マリア賛美の旋律のリフレインの妙に
えもいわれぬ安らぎと癒やしのイノセンスを感知
来て見て聴いて

無上の喜びにひたり
アンコールのあと外に出れば
紅葉たけなわの秋

さぶちゃん大いに唄う

映像とは違い
劇場では凄い迫力だ
特にラストの二つの場面

背後で海鳥が乱舞する前で
北島丸が大海原に何度も揺れ動き
「北の漁場」を懸命に唄うそのへさき

興奮覚めやらぬ中
今度は北島軍団総出の「祭り」だ
引き込まれて声も出ない

「停まれば負けさ
がむしゃらに前へ突き進むだけ」
彼の独白を地で行くビッグ・ショー

我が日頃の渇いた心にも
太鼓や鉦《かね》が鳴り響いて止まず
鍛えられし芸人魂に完全脱帽の帰路

北島魂再見

ますますと言うべきか
いよいよ凄いと言うべきか
懸命な歌はもちろん
観客の心をつかむ術は超一流だ

終盤で見せる二つの場面
先ず海鳥が乱舞する荒海に
北島丸が大暴れ　揺れるへさきで
必死に唄われる「北の漁場」は迫力満点

興奮・総立ちのなか　次は
全団員による「ソーラン節」と「祭り」
今年はクレーンを利用して　白い鳥に乗り
さぶちゃん　観客席中程の空中まで

「幾年《いくつ》になっても人生は昇り坂がよい」と
自信の独白を地で行く四十五周年記念ショー

随所に北島流芸能魂の神髄に触れ得たが
我が詩道は　まだまだ程遠いこと

大胆にして可憐・幸子芸

ＪＡ年金友の会メンバーとやらで
素敵な歌手に巡り会うことができ
幸せな年輪が刻める喜びは一入《ひとしお》だ
今年はラッキーにも夫婦揃って
梅田芸術劇場小林幸子ショーへ

色気たっぷり「楼蘭」他の歌は勿論のこと
期待どおり大型衣装を初めと終わりに
最初は富士の頂から会場全体を見渡し
まず観客の度肝を抜かんとばかりに
女ひとり幾多の苦難を乗り越えながら
でもずうっと純朴可憐さを失わず
見ている我が心も透きとおり拍手喝采
彼女は踊りも達者で若い仕草なんのその
大阪会場らしく中央に幸子店を据え
「今日は朝から私の　おうちは
　テンヤワンヤの大騒ぎ……」と
歌って踊って、『買い物ブギ』*は上出来だ
幸子グループのバンド・マン達や
女子マネージャー他の助っ人らとも
ながーく　ぴったりと息が合い
「わてほんまによう言わんわ、
　あぁーしんどぉー」と
ユーモアたっぷりに会場の笑いを誘う
十五分間の小休憩が有るとはいえ
二時間半のステージは身にこたえよう

次にさぞ雪深い山あいで培われた手品か
天狗面をかぶり数人踊り合いながら
赤と黒の奇麗な傘をフイと出す
二つ三つ四つと、更に面を剝《は》げば骸骨面
奥深い異様なムードを漂わせながら
観客を飽きさせないプロ芸の冴え
最高潮の盛り上がりをみせ　ラストは

なんと平成六年紅白歌合戦「火の鳥」の再現
パッと真っ赤なきらめき　どよめき　お見事だ
文句なし　大いに楽しめた　超ビッグショー

＊笠置シヅ子の持ち歌

泣き笑いトークショー

理屈ではない
愛そのもの人間そのものですよ
とさも言わんばかりに
西川ヘレンさんは懸命に
自らの体験談　人生遍歴から
四世帯もの大きな家族愛を中心に
ユーモアたっぷりに語られる
私もつい引き込まれながら
滲み出る涙を拭き拭き
相づちを打ったり
極みは　貧しくて食料が底を突き
自殺未遂もあったとのくだり
それを乗り越え今日あるは
彼女の小さい頃からの
「家への夢」ではなかったか
一人の偉大な女性の生き方に大拍手

花子さんの生き生きライフ

能弁は人の持つ大きな力であろう
日ごろ漫才で鍛えた話術はとても魅力的で
夫大助さんの先頃の脳内出血による
即入院集中治療の実話を皮切りに
ご自身の癌との闘病体験と
二つの大事件を約六百人を前に
真剣かつ熱っぽく吐露されて
ときに愉快な話しっぷりに
私はおなかを抱えて笑いこけながら
知らず知らずのうちに感極まって
おもわず目頭を拭うこと数回
つい彼女の術中にはまってしまった

昨年結婚三十周年を迎えられ
彼女の純な心情と夫婦愛の披瀝は
羨ましいほどに崇高な趣さえ漂わせ
さすが一芸に秀でた人は人柄も
一流だと感じ入った次第

アステラス製薬（株）主催の
新聞読者無料招待のフォーラムに参加
阪大教授の「もの忘れと認知症」講演後の出番で
自ら判断して病院へ直行した夫への医師による
「ファイン・プレー賛歌」を得意そうに
又「死ぬほどつらい」という言葉があるが
「（夫の）死よりつらいことはない」との回想
看病に専念当時の悲壮な心根を繰り返し聞かされ
大助さんの元気な復活を心から慶賀しつつ
帰路の我が顔は些か上気していた

桂あやめ独演会から

私が住む摂津市の
社会を明るくする運動の一環
市民のつどいに参加した　その最終部で
「地域に笑いでコミュニケーションを」の講師
女流落語家　桂あやめ氏の独演に
初めて接することができた

落語家の師匠と弟子のつながり等
体験からほとばしり出る実話や話術には
笑いを誘いながらも迫力があり引き込まれる
ものの見事に聞き手を退屈させない
「私達は聴衆である皆さんの反応に充電して貰い
しゃべっている　他者の気が元気にしてくれる故」
この言葉を何回か繰り返しつつ
彼女は一時間半まくし立てた
私も随所で大笑いを余儀なくされ
講演内容を熟知させられた次第

次の名セリフは忘れられない
「噺家を殺すに刃物は要らぬ　あくび三つで即死する」

反芻しながらの帰り道
私がかつて勤務した学校の
正面に大きな垂れ幕が懸かっていた
「大阪府立摂津高等学校陸上競技部
　祝　　近畿大会出場」
後輩達もがんばっているな
思うに良きこと悪しきことも
その都度他者の感懐を呼び込みながら
それぞれに歴史の一コマ記録を残して行くのだね

私自身余生あと幾ばくもないのだが
類似のノボリを人知れず持ち続けている
その完遂を期して　また新たなる
励ましの気を貰い　嬉しさ込み上げる日だ

旅立ち ――序に代えて

誰も知らない　旅立ちなのに
波止場にあの娘《こ》　駆けてきた
潮風さよなら　ドラの音《おと》
島の情は　思い出ページ
男は前へ　進まにゃならん
夢に生きたい　ああこの日から

ひとたび腹を　くくったからは
未練のテープ　邪魔になる
海鳥《うみどり》さわぐな　母の声
幼い日々《ひび》は　心に秘めて
男はひとり　世に出にゃならん
明日に生きたい　ああこの日から

新福知山線

いろとりどりの　夢のせて
明日に向かって　まっしぐら
昔なじみの　山・川・緑
渓谷沿いは　ああ　なつかしや
装いあらた　ふるさと列車
新福知山線　ロマン旅

人あつまれば　ときめいて
熱いおもいに　頬そまる
ここは篠山　デカンショ祭り
栗酒飲んで　さあ　踊ろうか
イベント盛ん　おまつり列車
新福知山線　ロマン旅

見よ山際に　陽が映えて
檜林《ひのきばやし》が　生きる標的《まと》
お城が見えた　願《がん》をかけたら
名物鬼そば　それ　食べようぜ
わが青春の　あすなろ列車
新福知山線　ロマン旅

千里恋唄

君の笑顔を　待つ丘で
遠くの雲を　みつめています
愛を告白　ためしてみたい
はやる心を　しのばせながら
花風かおる　万博跡の
わがまち千里に　アリャ恋の唄

君と腕くみ　池端《ばた》で
白い水鳥　餌付けています
甘いくちづけ　交わしてみたい
ふるえるおもい　かみしめながら
緑葉しげる　元《もと》竹やぶの
わがまち千里に　アリャ恋の唄

君と二人で　木陰《こかげ》から
夜空の星を　眺めています
命のかぎり　愛してみたい
乙女のかおり　抱きしめながら
無数の灯《あかり》　北大阪の
わがまち千里に　アリャ恋の唄

はぐれ鳥恋唄

恋の羽音《はおと》が　今宵は聞けぬ
わたしゃ生娘《きむすめ》　はぐれ鳥
雨風《あめかぜ》激しく　戻れない
ここよ　私は　ずぶぬれよ
涙ほろほろ　冷たい心

あなた好き　でも今宵は会えぬ
わたしゃ生娘　はぐれ鳥
カミナリつんざく　軒の下
ひとり　もういや　死にそうよ
涙ほろほろ　かぼそい心

愛の口づけ　今宵はできぬ
わたしゃ生娘　はぐれ鳥
闇夜が苦しい　彼はどこ
抱いて　私を　早くきて
涙ほろほろ　ふるえる心

ああ大阪城

風爽やかに　梅香る
空は晴れやか　天守閣
仰ぐ瞳に　輝くいらか
人に夢　でっかく生きよ
天にそびえる　ああ大阪城

緑樹《みどりぎ》もえて　蟬しぐれ
古い石垣　大手門
悲喜こもごもと　さりげなく
人に愛　キラキラ生きよ
変わらぬ偉容《すがた》　ああ大阪城

枯葉を叩く　雨《あま》しずく
苔生《む》す堀に　けむる水
手柄の後を　推《お》し量《はか》り
人に喝《かつ》　向かって生きよ
威風堂々と　ああ大阪城

大阪野郎・ロマン星

朝に夕《ゆうべ》に　お城を眺め
でっかい夢を　見ています
大川べりの　腕白育ち
みこしかつぎは　まかせとき
威勢の花火　夜空にはねて
店も繁盛　大阪野郎・ロマン星

道頓堀に　灯《あかり》がともりゃ
恋の火花が　はじけます
心斎橋筋　いとはん連れて
スター気取りで　しゃれこめば
なまめく　風情《ふぜい》　あたりをはらい
今宵幸せ　大阪野郎・ロマン星

通天閣から　界隈《かいわい》みれば
時勢のうつり　目立ちます
変わらないのは　人のやさしさ
庶民のまちが　好きやねん
浪花気質《かたぎ》を　たぎらせて
明日《あした》に生きよ　大阪野郎・ロマン星

さくら音頭

パッとさくらが　咲いた咲いたよ
ここは南大阪　春たけなわだ
白・桃・黄みどり　色とりどりに
コリャ見事だね　きれいだね
連れの彼女は　もっと素敵さ
〽さあさ踊ろう　さくら祭りだ
ぼんぼり灯《とも》し　わーいルンルン

サッと海から　風が吹いたよ
あのきらめく明かりは　関空＊の灯《ひ》だ
世界の国から　ハローみなさん
アリャ元気だね　陽気だね
胸元はじけ　プリプリリズム
〽さあさ踊ろう　さくら祭りだ
うちわ片手に　わーいルンルン

スッと斜めに　星が飛んだよ
今宵弥生がすみで　夜桜が映え
えびすで馴染みの　乙女ら交じる
ふふ笑顔だね　ロマンだね
浪花シンボル　笑いとさくら
〽さあさ踊ろう　さくら祭りだ
竹笹ゆれて　わーいルンルン

＊関空は関西国際空港

お見合いすんで

空は恋空　雲もなく
お見合いすんで　デートです
このときめきが　嬉しくて
こんな楽しい　おもいなら
きっときっと
私の夢も　かないます

風は恋風　さわやかね
火照った顔が　気持よい
太った彼は　汗かいて
愉快な話を　続けます
どうかどうか
ご縁下さい　この日から

川は恋川　さざめいて
水はきらめき　人はしゃぐ
燃える心の　手が触れて
満ちる幸せ　彼のそば
わたしわたし
ついて行きます　どこまでも

初恋ドライブ・因幡道《いなばみち》

初めて彼と　二人っきり
胸がさわいで　やみません
戸倉峠の　うねり坂
ラララッラ　冷やこい風に
交わす言葉も　はずみます
初恋ドライブ　メロディアス・モーニング

横顔とても　素敵だわ
ハスキーボイス　たまらない
ここは浜村　九号線
ラララッラ　青い海辺を
心が燃えて　熱い頬
初恋ドライブ　カラフル・アフタヌーン

不意の口づけ　かみしめる
離れたくない　彼のそば
因幡をあとに　ハイウェイ
ラララッラ　里の煙さん
変らぬ愛を　祈ってね
初恋ドライブ　ドリーミィ・イブニング

春の嵐

風が哭《な》く　ヒュヒューと哭く
恐《こわ》さ知らずに　吠えじゃくる
春の嵐の　愛でした
恐ろしくて　悲しくて
そして嬉しく　あなた　好きよ
いま　あなた　悔いはないよね

波がくる　ドドーッとくる
寄せては返し　またうねり
わたし女に　なりました
懐かしくて　せつなくて
そしていとしく　あなた　聞いて
ねえ　あなた　甘えさせてね

花が舞う　ササァーと舞う
星ふる空を　ちりばめる
心と身体《からだ》　燃えました
狂おしくて　泣きたくて
そして恋しく　あなた　見てね
さあ　あなた　夢の続きを

生きる

寒い夜更けに　ひとりです
氷雨の音が　きこえます
仕事一筋　生きてきた
部屋には花も　ありません
春よぶ嵐　激しくて　ああせつなくて
自分の歌が　今欲しい

いろんな人に　会いました
愛することも　知りました
ふりかえらずに　生きてきた
ほっと一息　冬の雨
母の遺影が　にこやかに　ああ懐かしく
夢のみのりが　今欲しい

息子よ

嫁もらう日に　父として
おまえに何を　してやれるかな
ああ　晴れやかな
門出に　そうだ
この歌を　贈るんだ

泣くなつらい日　男だぞ
元気で夢を　追い続けろよ
そら　青空に
凧が　あがって
思い出せ　ふるさとを

好いて好かれて　忘れるな
人との絆　仕事への情熱《ねつ》
おお　その努力
息子よ　いつも
他人《ひと》のため　世のために

遊び心

仕事ばかりじゃ　息がつまるぞ
ゆとりをもって　生きて行け
遊び心が　友をよび
笑《え》みをさかなに　酒と歌
この熱きおもいよ　るるいつまでも

男は誰も　女が好きだ
純なあの娘《こ》が　ほころびる
抱いてみたいが　夢ならば
火遊びの愛　許せるか
ああわが人生に　涙雨なし

金がたまれば　楽しむ一手
食い道楽や　空の旅
広く大きく　死ぬまでは
試《ため》して学ぶ　人の道
見よ美しい海　明るい彼方

ハッピィー・ライフ

急《せ》いてどうする　生命《いのち》は一つ
今日も笑顔の　安全ベルト
愛あればこそ　信頼されて
家族ドライブ　話が弾む
好きな高速　秋の播州《ばんしゅう》
野焼きの煙　かすかなにおい
ああハッピィー・ライフ　生きているから

気分さわやか　天気は良いし
口笛ふいて　ハンドル握る
佐用*で下りて　武蔵の里へ
つらい修行を　かみしめながら
緑木陰《こかげ》で　まどろむゆとり
因幡山道《いなばやまみち》　癒やしの自然
ああハッピィー・ライフ　旅があるから

＊中国自動車道佐用IC

お遍路

大阿蘇を背に　四国路へ
笠に紅緒《べにお》の　旅姿
恋に悩んで　貧しい私
鍛え抜きたい　身と心
娘お遍路　鈴ならし
翁《おきな》の連れは　南無　ありがたや

荒い土佐海　波高く
暑い苦しい　無言行
ただひたすらに　祈りに生きよ
厳しい修行　数百里
雨の野宿《のじゅく》の　あと晴れて
まんじゅしゃげ燃ゆ　南無　遍路道

阿波・讃岐・伊予　みな越えて
行き交う人の　愛がある
はかない別れ　旅の運命《さだめ》か
秋風吹いて　情け知る
明日へ明日へと　急ぎ足
八十八ケ所　南無　巡りたり

＊この詞は高群逸枝著『お遍路』（中公文庫）の読後にできました。

桂浜慕情

好きな名前を　書いては消して
雨の砂浜　心もぬれる
男はひとり　竜馬のように
沖合見れば　白波《しらなみ》くねり
かすむ外海《そとうみ》　はたせぬ恋よ
ここは未練の　ああ桂浜

あの女《ひと》「待つわ」と言ったのに
土佐に戻れば　子持ちの女《おんな》
岩により添う　人影見えて
熱い思い出　ふとよみがえる
鈴うちならし　鎮《しず》める神よ
ここはみそぎの　ああ桂浜

波間に光る　貝殻拾い
晴れの旅立ち　秘かに誓う
いま目の前に　清らかな虹
おのれを捨てて　いざ発《た》ち行かん
見あきぬ浜辺　変わらぬ海よ
ここは慕情の　ああ桂浜

出逢い

初めて知った　ときめきに
消しては書いた　ラブレター
あの娘《こ》は和子　浜辺を駈けて
涙出船の　にがい過去
ああ初恋って　しょっぱいね
夜空を星が　流れます

燃える瞳に　ゆれる胸
ひととき抱いて　みたい女《ひと》
マダム洋子は　ハイビスカスが
似合う夜の蝶　夢の酒
ああ出逢いって　味なもの
グラス持つ手がふるえます

秘めた心を　さぐり合い
目と目が合えば　火花散る
ミセス浩子へ　つのる思いを
生きる支えに　励む日々
ああ人生って　愛の旅
歓喜の歌が　ひびきます

忍び恋

目と目が合えば　恋火花
昔なじんだ　初恋の
胸のときめき　覚えます
相手もそうと　きめこんで
心乱れる　忍び恋

あり得ぬ恋と　知りながら
見るも語るも　うわずって
わずかな仕草　気にかかる
共に子持ちの男女《ふたり》ゆえ
静かに淡い　忍び恋

燃えるおもいを　告げようか
いやいやそれは　困ります
誰も知らない　ひめごとに
苦しむことは　なりません
いま幸せな　忍び恋

坂道峠

朝もやついて　踏みしめる
男度胸の　坂道峠
どうせこの世は　風雪に
耐えねばならぬ　ひとり旅
花咲く夢よ　ああ遠い道

人情《なさけ》が欲しい　日もあるさ
苦労つづきの　坂道峠
どうせこの世は　淋しさに
浮き名を立てる　仮の宿
真実《まこと》の愛よ　ああどこの空

ふり返るのは　好きじゃない
また暗がりに　坂道峠
どうせこの世は　ともしびに
露草しのぶ　渡り鳥
月夜の雁よ　ああ生きておれ

青春の門

玄界灘へ　注ぎ込む
川筋生まれ　骨っぽさ
理屈をぬきに　たくましく
男度胸の　ひとり旅
かげを背負った　さすらいの
わが青春に　悔いはなし

愛のない夜は　哀《かな》しいが
涙みせずに　歌う夢
別れ別れて　めぐりくる
女心の　遠い春
恋しい人を　一筋に
わが青春に　悔いはなし

渡る世間に　うらおもて
野に咲く花の　したたかさ
深い絆で　結ばれた
燃える二人の　朝がくる
はるかなる道　今歩く
わが青春に　悔いはなし

＊この詞は、五木寛之著『青春の門』（講談社文庫）の読後にできました。

21世紀へのマーチ

聞こえてくるぜ　どこからともなく
あれは新世紀の　よびかけだ
ドラが鳴る　テープが舞う
海鳥さわぎ　船が出る
人それぞれに　おもいを抱いて
父なる潮路へ　旅立たん
それ行け　共に歌え　高らかに
希望　勇気　理想のビッグマーチ
ああ堂々と　21世紀へ　Go　Go　Go

感じられるぜ　いよいよ身近に
宇宙を天翔ける　夢の旅
木がそよぐ　雲が動く
かなたの山に　陽が映える
人のすみかは　緑の地球
母なる大地を　忘れるな
それ行け　共に笑え　おおらかに
英知　努力　生気のビッグマーチ
ああ悠々と　21世紀へ　Go　Go　Go

旅人生

どうして旅へ　私を置いて
一緒に行こうか　君さえ良ければ
ポプラ並木の　赤スーツ
バラが大好き　とか言って
ほんとに君は　素敵だった
あの頃僕は　心底惚れて
北の大地で　燃えてたな

独りの旅は　淋しいけれど
自分を見詰める　良い機会かもね
阿蘇の山風　リボン揺れ
青白き僕に　笑《え》み送り
はしゃいだ君を　忘れないよ
いま草千里　無辺《むへん》の境地
でっかく生きよ　人もまた

外国旅の　約束いかが
そろそろ二人も　老い先短い
元気なうちに　連れ立って
異国情緒　たっぷりと
見果てぬ夢を　追いかけよう
翠玉の海　星砂を手に
誓った愛を　最期まで

マイ・オーストラリア

私行きます　どこまでも
あなたとならば　夢心地
霧雨けむる　ユーカリの
あのメルヘンの　ブルー・マウンテンズ
マイ・オーストラリア　季節《とき》はいま夏

白い大波　くぐり抜け
指からませて　たわむれる
海の向こうは　幸せか
ここパラダイス　ゴールド・コースト
南太平洋　別世界です

肩を寄せ合い　待つ神秘
胸の鼓動が　きこえます
サザン・クロスは　あの星ね
地ではわが巣へ　ペンギン・パレード
ああ生きものたちの　愛の賛歌よ

北の海

吹雪の岬　波がとぶ
小さな夢は　宙に舞う
荒海漁の　俺も男だ
歯をくいしばり　春を待つ
ゆれる引き綱　凍える手足
無情の風よ　ああ北の海

流氷きしみ　あえぐ船
はぐれ白鳥《しらとり》　すぐ消える
忘れられない　陸《おか》のあの女《ひと》
命のかぎり　愛したい
ちぎれる旗と　目をむく魚
はるかな里よ　ああ北の海

他に灯はなく　影もなく
宗谷海峡　冬の闇
仕事のあとは　さあ気晴らしだ
港酒場が　なつかしい
外はまだ雪　霧笛が吠える
明日の日射しよ　ああ北の海

わが男道

オジロワシ飛ぶ　さいはての
北見の山が　ふるさとさ
寒風《かんぷう》すさぶ　原野にいどむ
惚れた仕事にゃ　背中《うしろ》は見せぬ
ソリ引く手綱　命のかぎり
母なる大地ぞ　わが男道

知床岬　赤い太陽《ひ》よ
出稼ぎ漁で　この俺は
こわさも凍る　度胸の日々だ
惚れた女にゃ　お世辞は言わぬ
熱いおもいを　一気にぶつけ
ロマンに生きたい　わが男道

春が恋しや　キタキツネ
吹雪こらえて　ときを待つ
はるか奥地の　心の友よ
惚れた男にゃ　けんかは売らぬ
酒くみ交わし　夜更けまで
ひとときなごまん　わが男道

五浦《いずら》恋がすみ

うねる大波しぶきをあげて
ここ景勝・五浦　雨まじり
男はひとり地酒飲む
鐘鼓洞《ちゃんぽんどう》に群がるカモメ
北へと向かう　湯のぬくもりぞ

真白い女　目をうるませて
断崖絶壁を　見ています
拾った恋に　燃える夜
奇勝めぐりの　小さな宿で
夢・幻か　生きる喜び

六角堂が　朝日に光る
はるか水平線　春がすみ
かたい約束　幸せよ
寄り添う小径　寒梅匂い
二人で旅を　恋い焦がれつつ

白い湖畔

燃える心を　押し鎮《しず》め
あなたの幸せ　祈ります
静かな水面　雪が降る
中禅寺湖に　私ひとり

忘れられない　あの夏よ
愛を重ねて　濡《ぬ》れた夜
香《こう》立つ寺で　手を合わせ
添えない運命《さだめ》　嘆いています

日は暮れやすく　足重く
凍る雪道　こけました
いっそ死んだら　楽だろうか
華厳《けごん》の滝の　今すぐそばに

悲恋天城越え

赤い欄干　雫《しずく》にぬれて
川のせせらぎ　泣きじゃくる
きれいな別れが　くやしくて
傘もささずに　たたずめば
なおこぬか雨　修善寺あたり

天城峠に　もやたちこめて
鬼火が招く　闇林《やみばやし》
そえない今でも　好きなのに
死ねないわけは　どうしてか
このくるい雨　浄蓮あたり

石廊《いろう》岬は　ますますしけて
悲恋の私　ただひとり
思い出追いかけ　いくたびか
いとしい姿　重ね旅
またきつい雨　下田港あたり

にくい人

「お酒飲みたい」 今夜は特に
あなたのせいよ いつ戻れるの
にぎわいが去り 寒い外
淋しい月が 泣きじゃくります
星一つ 峠に流れ
ああにくい人 「鈍感ね」

「生きてればまた 会える」と言って
彼は峠を 下って行った
名もない草が 道端で
朝露はらみ ふるえています
雲走り 雨のけはいに
ああにくい人 「達者でね」

「お見舞い感謝」 とても嬉しい
あの人じっと 黙っていたが
元気な私 見届けて
内心きっと 喜んでます
霧笛吠え さよなら合図
ああにくい人 「愛してる」

生花一代

色とりどりに　かぐわしく
舞台を飾る　黄金花《こがねばな》
さびの尺八　悲哀をかくし
表芸道　きらびやか
ああ　生花一代　花の宴

この澄みわたる　大空の
月にむら雲　花に風
四季の風情を　一つに盛って
優雅のときは　ぱっと散る
ああ　生花一代　月の宴

花摘む里は　名残り雪
ひそむ花芽に　息をのむ
琵琶の音色を　かみしめながら
裏を支える　心知る
ああ　生花一代　雪の宴

望郷峠

北風吹いて　陽がおちて
いよいよ心　痛くなる
病気の母に　この土産
望郷峠　越えたなら
あの微笑みが　待っている
　ああ　待っている

奇蹟の春が　二度欲しい
生きて会えれば　それでよい
不治の病と　告げられて
望郷峠　急ぐとき
ふと幼な日が　よみがえる
　ああ　よみがえる

暗闇照らす　月もない
泣いて夜露の　懺悔道《ざんげみち》
死ぬなおふくろ　もうすぐだ
望郷峠　抜けたなら
わが故郷《ふるさと》だ　やすらぎだ
　ああ　やすらぎだ

学園歌

作詞　岸本嘉名男
作曲　三井ツヤ子

一　生駒山並仰ぎ見て
鍛えし命逞しく
誠の誓い胸に秘め
心身ともにきわめ行く
ああわれらの摂津高校

二　千里の丘にはてしなく
希望に燃ゆる若人の
意気は天衝《つ》きたゆまずに
明日《あした》の力を築きあげ
ああわれらの摂津高校

三　淀の流れにほど近く
代々《よよ》の恵みを受けつがん
理想は高くまごころで
いそしみ励め人のため
ああわれらの摂津高校

学園歌

いこ　まやまな　み　あーおーぎみ
て　きたえしいのち　たくまし
く　まことのーちかーい　むねにひ
め　しんしんとも　にーきわめゆ
く　あーわれらの　せっつこうこう

摂津《せっつ》音頭

作詞　岸本嘉名男
作曲　宇野　恒雄

一　若い大地に　鳴りひびく
あれはみんなの　はやしの音か
摂津よいとこ　住みよい町よ
さあさ仲良く　踊りましょ
それ　めでたや　めでたやな

二　三島鎮守に　梅が咲き
風もおだやか　香りを運ぶ
摂津よいとこ　明るい町よ
さあさ愉快に　踊りましょ
それ　めでたや　めでたやな

三　淀の流れに　棹《さお》さして
渡る水面の　まぶしい光
摂津よいとこ　きれいな町よ
さあさ清らに　踊りましょ
それ　めでたや　めでたやな

四　千里丘には　灯はともり
今宵君待つ　心がはずむ
摂津よいとこ　笑顔の町よ
さあさ楽しく　踊りましょ
それ　めでたや　めでたやな

五　はるか彼方に　生駒峰《いこまみね》
青空かける　野鳥の姿
摂津よいとこ　文化の町よ
さあさ元気で　踊りましょ
それ　めでたや　めでたやな

摂津音頭

1 わかい　ーだい
2 みしま　ーちん
3 よどの　ーなが
4 せんり　ーおか
5 はるか　ーかな
ちーーに　ーなりーーひびー　く　あれーは
じゅーーに　ーうめーーがさー　き　かぜーも
れーーに　ーさおーーさしー　て　わたーる
にーーは　ーひはーーともー　り　こよーい
たーーに　ーいこーーまみー　ね　あおーぞ
ーみんーなーの　はやーし　のー　おーとー　か　せっつよいとこ
ーおだーやーか　かおーり　をー　はーこー　ぶ
ーみづーもーの　まぶーし　いー　ひーかー　り
ーきみーまーつ　ここーろ　がー　はーずー　む
ーらかーけーる　やちょーう　のー　すーがー　た
すみよいまちよ　さあさ　なかよく　おどりましょ　それ　めでたや
あかるいまちよ　さあさ　ゆかいに
きれいなまちよ　さあさ　きように
えがおのまちよ　さあさ　たのしく
ぶんかのまちよ　さあさ　げんきで
めでたや　な

沖縄の女《ひと》

作詞　岸本嘉名男
作曲　源　啓祐

一　八重雲飛んで　早く会いたい
竹富島の　あの女《ひと》に
遠い浅瀬で　たわむれた
ハイビスカスが　にあう夏
あれから一年　恋こがれつつ
南の島よ　ああ沖縄の女《ひと》

二　白波けって　小船が走る
この海の色　空の色
心変わりは　しないでと
契って抱いた　珊瑚礁
エメラルド・ラブ　今まっしぐら
南の島よ　ああ沖縄の女《ひと》

三　息せき切って　見渡す陸地《おか》に
まぶしい女《ひと》の　花飾り
星砂さぐり　からまった
熱い思いが　よみがえる
目と目が愛を　きみ「アッパリシャ*」
南の島よ　ああ沖縄の女《ひと》

＊「美しい」の方言

沖縄の女

=92
やえぐもとんで　はやくあいた
いたけとみしまの　あのひとー
にとおいあさせで　たわむれー
たハイビスカスがにあうな
つあれからいちねん　こいこがれつ
つみなみのしまよ　あーー　おき
なわのひーとし
1.2.
3.

さすらいレイン・アラウンド神戸

唄／市川勝海
作詩　岸本嘉名男
作曲　水谷正之
編曲　田中真一

一　夙川《しゅくがわ》　霧雨《きりさめ》　オアシスロード
捨て犬びしょぬれ　うつろです
並木《なみき》のあいまを　さがしてみても
いとしい姿　見えません
花うちしおれ　今日もまた
さすらいレイン・アラウンド神戸

二　六甲《ろっこう》　雨雲《あまぐも》　ヨットハーバー
海鳥はぐれて　むせび鳴く
心底ほれてた　あの人いずこ
思い出遠く　なるばかり
浜風寒い　今日もまた
さすらいレイン・アラウンド神戸

三　元町《もとまち》　夕暮《ゆうぐれ》　港横町《みなとよこちょう》
マドロスよろけて　からいばり
心の熱さは　生命《いのち》のかぎり
たぎる思いを　かなえてよ
星きらめかず　今日もまた
さすらいレイン・アラウンド神戸

さすらいレイン・アラウンド神戸

Ⅲ章　詩論

象徴考

「小説の核心が作家その人のひそかな告白であること……そして個我の声が切実なものであり、自己にあまりにも即したものであるときに、それは一人の密室で読まれるにしても社会に公表されるのであるから、羞と不都合から作家を守るために仮想を、虚構を必要とする。……彼等は他を借りずに自己を告白することが出来ない。[*1]」と、かつて伊藤整が述べたことを思い出そう。その上で、作家なり詩人がどのような他を借りるのか、またそれが象徴とどう関わるのか、これを追求するのがここでの課題である。

　太宰治が『斜陽』に登場させる蛇の象徴手法はたくみである。父親の臨終の直前に枕元を這う細い蛇の描写にはじまって、十年後伊豆の山荘で娘のかず子が蛇の卵を焼く話、そして母親の死に際に出てくる赤い縞の雌蛇と、蛇は別に何もしゃべるわけではないが、そのグロテスクなイメージとムードが重なり合って、言葉では表現しきれない異様さと隠然さとを漂わせ、それがまた没落して行く貴族の姿を暗に象徴する役目を見事にはたしている。

　夕日がお母さまのお顔に当って、お母さまのお眼が青いくらいに光って見えて、その幽かに怒りを帯びたようなお顔は、飛びつきたいほどに美しかった。そうして、私は、ああ、お母さまのお顔は、さっきのあの悲しい蛇にどこか似ていらっしゃる、と思った。そうして私の胸の中に住む蝮みたいにごろごろして醜い蛇が、この悲しみが深くて美しい美しい母蛇を、いつか、食い殺してしまうのではなかろうかと、なぜだか、なぜだか、そんな気がした。[*2]

　なるほど蛇はしゃべらない。しかし作家は登場人物の口を借り、あるいは情況の描写を通して、蛇の気持なり、それにまつわる人間の情感なりを間接的に表わそうとする。蛇の卵を焼いた自責の念にかられて、卵を焼かれた親蛇の幽愁なり、怨念なりをここで引き出そうとするが、太宰の達文は、はるか遠くに、名門貴族の斜陽をも呼びこもうとしている。

古来、蛇に対する観念は、排斥と崇拝の二つの方向をたどるとし、日本では蛇はその異様な姿態のために、古くはかえって敬われた、と百科事典などに記されているが、もちろん太宰が蛇に関する、これらの観念を知らないわけではない。また蛇がその鋭敏な嗅覚などから、賢い動物とみなされ、さらに男根・生産力の象徴とも言われているところから、「上原の子供を生みたい」という女主人公かず子には、蛇のイメージが暗示するごとく、実にさまざまなおもいが交錯していたようだ。もの言わぬ蛇が、かくのごとく読者にいろいろなことを連想させ、恰もそれが実際にものを言うがごとき様相を呈するのであるが、それでいて格別に明確なことを示唆するわけでもなく、曖昧模糊としたイメージを漂わしているにすぎない。しかしこの曖昧さのおかげで、読者をして、それぞれに何らかの観照におもむかせるような余地、空間の存在をも我々に気付かせてくれるのである。文学的曖昧さをたてとして、それらしきものに言及しながら、何かはっきりとしないあるものを暗示したい時に作家はこの象徴手法をよく使う。

『ジーキル博士とハイド氏』は、人間に善悪の両面があることを明らかにしたが、それはともかく、メルヴィルの大作『白鯨』をめぐって、エイハブ船長は善で、巨鯨モビィ・ディックは悪の象徴だとする大方の見方に対して、サマセット・モームは、白鯨を悪よりむしろ善の象徴と解して何故いけないのか、と反駁するように、象徴に固定した解釈は不可能なようである。モームは言う、「巨大な身体、力はあくまでも強く、輝くばかりに美しい彼は、大海原を自由に悠々と泳ぎ廻る。これに反してエイハブ船長は、気違いじみた自負心を持ち、無慈悲で、苛酷で、残忍で、復讐心が強い。まさしく悪の存在だ。いよいよ白鯨とのあいだに最後の戦いが行われ、その結果、卑しい脱走者、世に棄てられた者、食人種からなる乗組員ともどもエイハブ船長は滅ぼされ、かくて正義が行われたあと、白鯨が動ずる色も見せずに悠々とその神秘の道を泳ぎ去る時、悪は打ち破られ、善がついに勝利を得る」[*3]と。

ところでメルヴィルは、この物語中に「白鯨の白さについて」という章を挿入し、白のイメージを作者自ら探究している。それによると、「気品を高めて美しさを増し、そのものに具わる得がたい美質をかがやかす」「歓喜の意味をもつ」「純潔・仁慈心など、高潔な事柄の標識」「正義の威厳」「神性の無垢と威力との象徴」など、誠に壮麗優雅な連想がある一方で、「超絶的な畏怖」「霊的な驚異、蒼ざめた恐怖」「恭敬・戦慄の対象」と、人間の魂に一種異様な幻覚を喚起させる含蓄性も指摘されている。実際、私自身、この両面からなる白のイメージと、「異常な巨軀、めざましい体の色、怪奇な形の下顎、それに無類の理知的な兇悪さ」をもつモビィ・ディック像とが相重なって、何とも名状しがたい情趣を覚えざるをえない。この「白鯨」で惹起される詩的感覚は、ポーの「黒猫」、萩原朔太郎の「青猫」以上のひびきをかなでるのである。

　エドガー・アラン・ポーの短編『黒猫』に出てくる「プルウトウ」という猫の存在も実に大きい。もともと猫のもつイメージは、スフィンクス風の謎めいたものを象徴するわけだが、この物語に登場する猫は非常に大きくて美しく、驚くほど怜悧な全身黒色の猫であり、黒という何ともいえない深刻な色彩感により、大いなる「怪奇性」「妖怪性」をほうふつさせてあまりある。幼少の頃から温順で、情深い性質の主人公が、もちろんアルコールのせいだとはいえ、次第に気難しくなり、かんしゃくもちになり、ついにはお気に入りの猫の片眼を小刀で抉《えぐ》り取ったり、木の枝に吊したりしているうちに、家の全焼や、妻を斧で殺害するという不祥事に次々と遭遇するわけであるが、この一人の不幸な人間の辿りゆく運命を、不吉な猫のイメージと絡み合わせて、人間心理の異常なさまなり、人間の性《さが》の複雑怪奇をさぐろうとしたポーの手腕はさすがである。一般に人間が「感情の動物」であるといわれるように、日常の繰り返しの中でふとしのびよる感情の起伏により、おもわぬ人間心理の一面をのぞかせることがあるのは止むを得ないとしても、心の平衡を失う要素が多分につのれば、しらずしらずのうちに人間が予期せぬ方向へ流される傾向もまた大きいのは、人間の意志だけではどうにもならない要因が強く作用して、ついにはそれが人間の運命をも狂わせてしまうと見てよいだろうか。その要因が人間の性《さが》にあるのか、それとも超自然的なものによるのか、人知ではおよそ見当もつきにくい面が確かにこの世には存在することを、ポーもまた象徴手法を駆使して写実しようとした。

ちなみにこの際、「青猫」の青についても少し触れておくと、萩原朔太郎は「定本青猫自序」で次の様に表現している。

「青猫」の「青」は英語の Blue を意味してゐるのである。即ち「希望なき」「憂鬱なる」「疲労せる」等の語意を含む言葉として使用した。…(中略)…つまり「物憂げなる猫」と言ふ意味である。もう一つ他の別の意味は、集中の詩「青猫」にも現れてる如く、都会の空に映る電線の青白いスパークを、大きな青猫のイメーヂに見てゐるので、当時田舎にゐて詩を書いてた私が、都会への切ない郷愁を表象してゐる。[*4]

白鯨といっても鯨にちがいなく、黒猫や青猫といっても猫にちがいないのだが、作家なり詩人は、彼の心象にぴったりかなう色彩感覚を見つけて、言葉に重ね、より豊かな情合いをひき出そうと苦心するのであろう。他の色ではどうしても表わせない何かが作用するために、彼等は言葉の魔術師たらんと、日夜奮闘するのである。

小説がいわゆる論理の構築物だとして、はじめ作家が、その構築の助成手段に象徴手法を考えたとしても、象徴は作家の論理を越えたところで活躍する。何故なら、人間の論理が象徴をよびこんでも、象徴はそれ以上に気分的、本能的な世界に属するからである。象徴に定まった解釈ができないのはそのためだ。甲という解釈ができるにしても、すぐに象徴はそれをくぐりぬけるように乙という解釈をもにおわし、結局つかみどころのないまま一種独特の象徴空間を漂わせて超然としている。比喩的に言われるように、仮に「文学を一つの家とみたてて、レンガの役をするのが言葉であり、窓や戸口がイメージであり、廊下がテーマ、鉄骨の骨組が構成[*5]」とすれば、家の内部はさしずめ文学空間であり、象徴空間であるともいえる。

とはいうものの、文学において、ごく普通の象徴の意味、つまり「何かほかのものを表わすあるもの」として、例えば鶴はめでたいものの象徴であるとか、餅は円満を象徴するとか、貝は情熱と歓楽の象徴である、といった程度の象徴ではおよそ月並であり、言葉の芸術としての文学の価値は豊かでない。アメリカにおける最初の象徴小説と目された、ホーソンの『緋文字』には、数多くの象徴材料が見られるが、その代表的な緋文字Aすら、ごく普通の象徴であり、その表わすものは「姦通」（Adultery）もしくは、「あらゆる人生に免れがたいけがれ」と比較的はっきり表わされ得るのに対して、メルヴィルの白鯨は、鯨にはちがいないが、「いくつかの意味が自動的に語学的融合」がなされて、「一つの詩的象徴」たりうる、と主張するリチャード・チェイスの説に私もまた賛成である。「詩的象徴」とは、彼によれば、「あるものを意味するだけでなく、あるものである」、「普通の象徴として考えられうる場合においても、それは簡単に言い表わすことのできる一つのものを指さないで、むしろいくつかのものを暗示する」[*6]と説明されている。

　広く文学が言語表現による創造物であるかぎり、我々はその表現手段たる言語そのものに先ず象徴性があることを確認せずにはいられない。古代中国の甲骨文字やエジプトのヒエログリフなどから判断しても明白なように、文字はもともと物の形を象ったものであった。そして表意、表音の区別はあるとはいえ、あるがままの物を表わす記号ないしは符号として伝達の手段に使われていたものが、人間の感情や思考のゆれ動くまま、次第次第に間接的な印象を通してすら、物を比喩的に抽象的に表わすようになった。ここから対象物と言語表現との間に、ギャップないしは距離感が生じてくる。そして一たび文章表現として人間の思考が衣裳づけされると、文中の言葉は、隣接した言葉どうしのインパクト（衝撃）から、表現スタイルの変化から、あるいは人間の潜在意識と表現世界との違和感等から、まさにさまざまな言語空間が醸成されるに至るのである。

　表現し難きものを、メタファーやイメージやリズム等の言語技術によって、小説とはまたちがった言語空間を創造する詩こそ、象徴にふさわしい表現形式なのかもしれない。ここでイェイツの詩「たそがれのなかへ」を取り上げてみよう。

INTO THE TWILIGHT

Out-worn heart, in a time out-worn,
Come clear of the nets of wrong and right;
Laugh, heart, again in the grey twilight,
Sigh, heart, again in the dew of the morn.

Your mother Eire is always young,
Dew ever shining and twilight grey;
Though hope fall from you and love decay,
Burning in fires of a slanderous tongue.

Come, heart, where hill is heaped upon hill:
For there the mystical brotherhood
Of sun and moon and hollow and wood
And river and stream work out their will;

And God stands winding His lonely horn,
And time and the world are ever in flight;
And love is less kind than the grey twilight,
And hope is less dear than the dew of the morn.[*7]

この詩の第三節、第四節の尾島庄太郎訳を次に挙げると、

来たれ　心よ　丘また丘と重なるところに。
そここそは　太陽　月　洞　森
河　細流　ことごとく神秘なる同胞となり
それらが　おのおのこころざしをなしとげるところ。

そここそは　神がわびしい音の角笛を吹いて立ち
時と現世が　永遠に飛び去って行くところ、
愛は　灰色のたそがれほどに心篤くはなく
希望は　朝露よりも　親しみ　うすいところ。[*8]

太陽、月、洞、森、河、細流と、森羅万象のことごとくは、象徴の対象になり得るのだけれども、イェイツの詩魂は、これらをさも気軽にひとまとめにして、それぞれが意のままの形をとり、またひびき合う世界へ飛翔せんとする。この薄明の世界こそ、イェイツ独

自のものであるが、人間の識別力をはるかに超えて存在する領域なのである。薄明は、ギラギラと太陽の輝く明るい時でもなく、また夜の闇でおおわれた暗い時でもなし、昼から夜へ移行するときの、または朝ぼらけの神秘的な、わびしいおもいさえする時だ。そう長くはないが、一瞬われを忘れて、時の経つのも分からないでいる時である。幻想の世界といってもよいであろう。「愛」とか「希望」で表象される、日常的なもの、地上的なものは、ここでは問題とならないような、縹渺とした、とらえどころのない永遠の霊的世界の描出――これが詩的象徴というべきものであろうか。つまり象徴性のある各詩句の行間から、新たな象徴を生み出しているのである。

詩というものは、物語や哲学を語ったり、思想を述べたりするものでなく、ある情感を喚起し、印象を伝達するのがその主目的である。単調な言葉の羅列を防ぐために、音律が重視されるのはいうまでもない。訳詩といえども、上田敏の「秋の日の／ヴィオロンの／ためいきの／身にしみて／ひたぶるに／うら悲し。」（ヴェルレーヌ原作）とか、「山のあなたの空遠く／「幸」住むと人のいふ。／ああ、われひとと尋めゆきて、／涙さしぐみかへりきぬ。／山のあなたになほ遠く／「幸」住むと人のいふ。」（カール・ブッセ原作）等は、非常に調子よくできていて、誰もがよくそらんじたものである。英詩では、ワーズワースの「水仙」、イェイツの「イニスフリー湖島」等が特にリズミカルで、私の愛唱詩でもあった。これら音律美のすぐれた詩を口ずさむと、不思議にも、分析的ではなく、直観的、全体的に詩の心を理解し、自由な詩的情感をほしいままにすることが可能である。また萩原朔太郎にも彼独特のしらべがあり、詩の中で、鶏の鳴き声「とをてくう、とをるもう、とをるもう」、犬の遠吠え「のをあある　とをあある　やわあ」、時計のひびき「じぼ・あん・じやん！　じぼ・あん・じやん！」等に出くわすと、それらが誠に奇妙な音感をかなでながら、あるときは早朝のまどろみのえもいわれぬ倦怠、孤独、憂愁を、またあるときは詩人の精神的飢えの状態をよく暗示し、読者の心を情緒面から酔わす大きな要素になっているのが分かる。フランスの象徴派詩人達が、詩の音楽性を強調したことはよく知られているが、もともと象徴性のある言葉をリズミカルに配置すると、そこには独特の情緒的な象徴感覚をにおわすことも多いのであろう。

象徴に「情緒的象徴」（emotional symbols）と「知的象徴」（intellectual symbols）の二種類あることを指摘したのは、イェイツであるが、[*9]この分類に意識的に近づけようとするならば、リズムは前者に、メタファーは後者に、イメージは両者に近いものとみなしてよいかもしれない。イメージについては、C・D・ルイスに好著があり、彼は「詩的イメージは、文脈内において、ある種の人間情緒を帯びたある程度、隠喩的な言葉の多少とも感覚的な絵である。[*10]」と定義し、そしてあの有名な漁夫が釣糸をたれる海景を想像しながら、漁夫たる詩人の釣糸にひっかかるものを、詩の与件（donnée）であり、最初のムード、思想、イメージとでもいうべきものであると説明した。[*10]この釣糸にひっかかったものを、詩人は真剣に取捨選択し、内奥の詩情にぴったりしたものを積み重ねて、創作に没頭するのであるが、互いに縁遠いイメージでありながら、そのバラエティーやコントラストの妙により、何らかの調和がもたらされるイメージ構成は、詩を複雑にはするが、高度に躍動させる源泉でもある。イメージは人間の視覚に訴えるだけでなく、聴覚はもちろん、嗅覚や触覚、それに味覚にさえ訴えようとする。味覚に訴える例に佐藤春夫の「秋刀魚《さんま》の歌」があるし、聴覚に訴えるものには、先述した朔太郎のしらべもその一つである。ボードレールには、これら人間の五感をゆるがすような詩が多いが、ここに一例だけ挙げてみたい。

「旅ゆくジプシー」（堀口大學訳）
易卜《うらない》稼業、目つきの鋭い一団が
昨日《きのう》出発、餓鬼を背中にくったり、
常備食、垂れ乳房《ちち》を
むさぼる口にふくませたり。

妻子をのせた馬車のわき、
あからびく利刀《わざもの》肩に男たち、のっそり歩く
見果てぬ夢に追ひすがる
重い視線に天をにらんで。

砂地に巣食ふ蟋蟀《こほろぎ》も、
行き過ぎる彼等を見ては、高音《たかね》張り、
大地の女神シベールも、愛《いと》しさ故に陰《かげ》を増し、

岩間に清水を湧き出させ、沙漠に花を匂はせて、
この一行をもてなせば、
未来《ゆくすえ》の闇も気易い国原さ。[*11]

ごく大ざっぱに言って、第一節は触覚、第二節は視覚、第三節は聴覚、第四節は嗅覚に訴えるイメージ感覚が強い。そして餓鬼、常備食、垂れ乳房、利刀の男たち、砂地の蟋蟀、岩間の清水、沙漠の花、というようなイメージ群が、互いに密接に関係し合い、呼応し合って、ある一体感、統一感をかもし出し、全体としては映画でも見ているような、のびやかで、おおらかで、たくましい人間の集団像を浮かび上がらせている。

かく、詩においては、イメージの連結が、読者の想像を刺戟し、別の新しい風情を感じさせるように働くのであるが、ランガー女史が、「イメージが隠喩的になる傾向性があるために、本質的にイメージがシンボル的機能をもっている」[*12]ことを示唆したように、イメージ、メタファー、シンボルの三者のつながりはきわめて深い。ところで、我々が言葉を比喩的に使う場合、「彼女の髪は絹のようだ」とか、「彼は稲妻のようにすばやく走る」とか表現するが、このように‘A is like (as~as) B’の表現形式をとる叙述を直喩（simile）といい、それ以外の、例えば「子供は大人の父である」のように‘A is B’の形式をとる叙述を隠喩（metaphor）といって区別する。日常会話でも使われるごくありふれた低次のものは別として、詩的メタファーには、その写実的な、比喩的な表現を越えて、人間の感情をゆさぶるものが少なくない。たとえそれらが外界の事象を描くにしても、必ず何らかの心象を表わしているといわれる。それでは次元の高いメタファーとはどんなものか。思いつくままここに列挙してみると、

○「私は火です。大気です。ほかの成分は／塵の世にゆだねます。」（シェイクスピア『アントニーとクレオパトラ』第五幕第二場、齋藤勇訳[*13]）

○「自然は神の宮にして、生《せい》ある柱／時おりに捉へがたなき言葉を洩らす。／人、象徴の森を経て此処を過ぎ行き、／森、なつかしき眼相《まなざし》に人を眺む。」（ボードレール「交感」鈴木信太郎訳[*14]）

○「あなたと私とで出かけよう、／夕暮が空に向って、／手術台の上で麻酔をかけられた患者のように横たわっている時に。」（T・S・エリオット「アルフレッド・プルーフロックの恋歌」矢本貞幹訳[*15]）

右記三番目のエリオットの詩句でも、「遊蕩に出かける男たち」をつつむ「夕暮」の街の感じはどこか病的で、刹那的であり、「麻酔をかけられた手術台の患者」の状態と気分的によく重なっており、互いに無関係なイメージ、もしくは甚だ突飛なイメージを呼び起こす言葉の並べかたながら、メタファーとして特異な成功例といえよう。

私の師矢本貞幹は、マラルメの象徴観「対象を暗示すれば、そこに幻想が生まれる。象徴というのはこの神秘をうまく使うことだ。だからある心の状態を表わすためには物象を少しずつ想い浮かべさせるか、或は逆に物象をえらび出してそれを幾度も描いたのちにそこから気分を離脱させるのだ」（チャドウィック注、『エコ・ド・パリ』紙の記者ジュール・ユレによる探訪記で「文学の進化について」と題して、同紙上に一八九一年三月三日から七月五日にかけて掲載された）を引用したのち、「心的状態を表現するために、外界の事象の一部を借りてくることを象徴というならば、私がここに問題とするメタファーとほぼ同じことではないのか[*16]」と、象徴≒高度のメタファーという見解を示しているが、私はどちらかといえば、マラルメの弟子アンリ・ド・レニエの次の象徴観の方に親密感を覚える。「象徴とは、言葉それ自体にはじまり、映像と隠喩とを経て、表象と諷喩とを包括するひとつづきの知性の働きの結果として達成されるものである[*17]」と彼は定義し、さらに「象徴こそまさに詩の最高の表現である」と併記した。私も高度な詩的メタファーの行きつくところは、やはり「知的象徴」の域であると考えたいのである。

さて我々が、この錯綜した世の中で、生きることの意味を知り、生きるものの姿を凝視しながら、生きることの本質を見極めようとするために、文学に依存する度合い、またそれが貢献する度合いは極めて高いと思う。何故なら、文学はいくつもの遠大なテーマを扱って、その中で我々は、現実の姿ばかりでなく、詩的な、象徴的な存在にまでおもいを馳せることができるからである。今日ほど人間内部と外部とが激突、葛藤している時期も珍しい。人間内部の主体性を確立するといっても、多種多様な外的要素がからまってきて、明確で固定的なものを打ち出すことは甚だ容易でない。いきおい、漠然とした感覚のおもむくまま、人間と自然の調和はもとより、精神と肉体、情緒と知性の調和を求めねばならず、ここに象徴の力が働くことになる。およそ、いかなる時代であろうとも、宇宙なり、人生は謎めいて、予期せぬ事象で一杯である。宇宙は無限であり、人生は永遠であり、その諸相は混沌として波乱万丈、真偽あり、美醜あり、善悪あり、虚と実のはざまにパラドックスも折りこんで、確かに曖昧模糊然としているからこそ、いろいろに生きる楽しみもあり、価値もあるのだといえる。現世には物象的にしろ、観念的にしろ、時間的、空間的な変化が著しく、これからも続いて行くことだろう。我々はこの変化にくらいついて、酔い、心をかき乱し、ともかく内奥の生への動きに、いつも敏感に対応して行かなければならないのである。そのときに象徴が潤滑油の大役をになってくれると私は信じて疑わない。

注

＊1 『小説の方法』伊藤整著（新潮文庫）五三〜五五頁。
＊2 『斜陽』太宰治著（新潮文庫）二〇頁。
＊3 『世界の十大小説（下）』W・S・モーム著　西川正身訳（岩波新書）一〇六頁。
＊4 『萩原朔太郎全集』（新潮社）第一巻　二九九頁。
＊5 『文学の象徴』チンダル著　曽田淑子訳（篠崎書林）四一二頁。
＊6 『アメリカ小説とその伝統』リチャード・チェイス著　待鳥又喜訳（北星堂）一一五頁。
＊7 “The COLLECTED POEMS of W.B.YEATS”, (Macmillan, 1963) 六五〜六六頁。
＊8 『イェイツ——人と作品』尾島庄太郎著（研究社、昭和四十年）九六頁。
＊9 W.B.Yeats, “Essays and Introductions”, Macmillan, 一六〇頁。

＊10　C.D.Lewis,"The Poetic Image"Jonathan capepaperback, 二二頁と七〇頁。
＊11　『悪の華』ボードレール著　堀口大學訳（新潮文庫、昭和四十六年）四二～四三頁。
＊12　『シンボルの哲学』S・K・ランガー著　矢野萬里ほか訳（岩波現代叢書）一七九頁。
＊13　『シェイクスピア研究』齋藤勇著（研究社、昭和四十年）四五八頁より孫引き。
＊14　『フランス詩集』村上菊一郎編（新潮文庫、昭和四十年）八〇頁。
＊15　『文学技術論』矢本貞幹著（研究社、昭和四十九年）七二頁。
＊16　同書　九二頁。
＊17　『象徴主義』チャドウィック著　倉智恒夫訳（研究社）九四頁付録より孫引き（一九〇一年刊行の評論集『形象と人物』に収められたエッセイ「今日の詩人たち」が原典）。

フロストの詩と言葉

ロレンス・トンプソンは、彼の著作『火と氷』の中で、フロストが求めるものは、音を通して読者に伝えられる素敵な意味のぼやかしであると言う。そして言葉が意味をもたらすのに二つの段階があり、一つは語がdenote（表示）する限定された意味であり、他は声の調子によって与えられる語がconnote（内包）する付加的な意味であると説明する。[*1]

さらに彼の主張によれば、フロストは明らかにポーの「快楽のための芸術」（art-for-pleasure's sake）よりは、エマーソンの「英知のための芸術」（art-for-wisdom's sake）に近く、即ち「詩を通して人間は完全な潜勢力（potentialities）を自覚するようにしむけられる」という態度をとる。

この潜勢力を重視して行こうとする態度からくる、言葉の微妙な陰影、余韻、暗示等を我々読者はくみとらねばならないが、トンプソンが指摘したように、言葉のもつdenotation（外延）とconnotation（内包）に言及して詩を論ずることは、詩が言葉から成り立つ以上極めて重要であるといわざるを得ない。

私もフロストの詩を読んで、言葉が内包する言外の意味をさぐりながら、その展開に次の三つのケースを想定してみた。

（1）言葉が単独で、その内包する意味を発揮する場合

（2）相反する言葉、相対立する言葉の組み合わせの中に、それぞれの奏でる言外の意味が浮かび上がり、それらが互いに呼応し合って、更に別の意味を含蓄する場合

（3）言葉自体に何ら含蓄する意味はないが、詩全体として何かを暗示している場合

この様な分類は、程度の差があって、一概には言いきれないのであるが、実際にフロストの詩にあたりながら敷衍していきたいと思う。

「子供の墓」（Home Burial）において、死んだ子供に対する悲しみをいまだに抱いている妻は、夫の鈍感さに怒りさえ覚える。怒りどころか、それが高じて根強い憎悪にまで達している、次の一行、

Her fingers moved the latch for all reply.

妻の手は答える代りにかけ金を動かした

の moved the latch は、この語の表示する文字通りの意味のほかに、いかにも妻のいら立った感情を伝えるのに役立っている。一方、男の鈍感さをそれとなく暗示しているのが、

You could sit there with the stains on your shoes
Of the fresh earth from your own baby's grave.

あなたはよくもまあ、赤ん坊の墓の上に、土でよごれた靴をはいて、平気で腰かけておれますね。

の字句 with the stains on your shoes である。ごくありふれた語句ながら、それがかもし出す夫妻の心理の違いが、言葉が平凡なだけに、一層はっきりと我々読者に伝わってくる。そして詩全体を眺めてみたときに、妻の腹立ちをよそに、なんと気軽そうに、男が砂利を空中にほうり上げていたことか。まるで砂利の空中に舞うさまが、目に見えるようである。

アンタマイヤーの評によれば、フロストの詩の中核をなす主題は「人間性」である。[*2]

市井の人々のごくありふれた会話が、そのまま彼の詩句となっている。陳腐な言葉をうまく駆使して、言葉のもつ言外の意味を読者に伝えようとする行き方は、まさに彼独得のものであろう。

物語詩の粋をなす「雪」（Snow）において、牧師メサーブが、吹雪の中をうまく帰れたかどうか、その安否を尋ねるために、コール夫妻が電話をかける場面、

"Hello. Hello."
"What do you hear?"
"I hear an empty room—
You know—it sounds that way. And yes, I hear—
I think I hear a clock—and windows rattling.
No step though. If she's there she's sitting down."
"Shout, she may hear you."

"Shouting is no good."
"Keep speaking then."

「もし　もし」
「あなた　なにかお聞きになって」
「どうも部屋が空っぽらしいな—そのようにしか思えないよ。そうだ、もっとよく聞いてみよう—あれは時計の音だな—窓がガタガタ鳴っているよ。人の足音の気配はないよ。もしも奥さんが居るなら、坐り続けているのかな」
「大声で呼んでみなさいよ。奥さんが聞くから」
「大声はよくないよ」
「それじゃ　話し続けなさいよ」

簡潔な言葉のやりとりの中に、その場の状況がよく窺われ、同時にコール夫妻の焦燥感が読みとれる。「大声で叫んでみなさいよ」「大声はよくないよ」、両者同じ言葉だが、一方は矢もたてもたまらない気持ちであり、他方は感情をころして、なお子細をさぐろうとする沈着な気持ちをよく表わしている。このあたり、アンタマイヤーの言う「内面の落着き」と「外面の烈しさ」の対照であろうか[*3]。

そしてなお、電話をつなぎっぱなしにして、家の中の様子を窺っていると、赤ん坊の泣き声が聞えてくる。

"A baby's crying!
Frantic it sounds, though muffled and far off.
Its mother wouldn't let it cry like that,
Not if she's there."

「赤ん坊の泣き声だ！　かすかで離れているが、狂気じみた声だ。もし母親がその場に居合わせないのでなければ、あのように泣かせる母親なんていないだろう」

「狂気じみた声だ」——これほど夫妻のやるせない気持ちを一層ひき立たせ、同時に読者に、これから一体どうなるのかと興味を抱かせる表現はない。

"What do you make of it?"
"There's only one thing possible to make,

That is, assuming—that she has gone out.
Of course she hasn't though." They both sat down
Helpless. "There's nothing we can do till morning."

「それをどう考えたらいいのですか」

「考えられることはただ一つ、即ち推定だが――奥さんが出かけてしまっているらしいこと。勿論出かけていなければよいのだが」

「我々は朝までどうすることも出来ない」

二人は弱り果てて、椅子に腰をおろすが、丁度その時電話がかかり、牧師が無事家に着いたことを知る。夫妻はほっとして胸をなでおろすが、それと共にこみ上げてくる怒りを禁じ得ない。そこでつい愚痴が出る。

What did he come in for? —To talk and visit?

「彼は一体何しに来たんだ――説教するために訪れたんか」

今迄安否を気づかって、必死になっていた夫妻らしからぬ言葉である。誰もが平素口にするような言葉を使って、人間心理の心憎いまでの洞察である。人間の感情の動きを、ごくありふれた言葉のやりとりの中で、こんなにまで見事に表現し得るのは、実に言葉のかくれた魔術性をフロストがうまく駆使するからにほかならない。

しかしここで見逃してならないのは、会話体が多く使われていることである。一つの会話から次の会話へ行くまでに、どうしても表現の空白がある。この空白・空間がまた貴重なのだ。この空白があるお蔭で、我々読者は考える時間を持つことができ、同時に言外の意味を容易に察知するに至る。コール夫妻のアンビバレンス（同じ対象に対する相反する感情の共存）も、この空間があるために、却っていきいきと描写されているのに気づくのである。

そして結局、

"……But let's forgive him.
We've had a share in one night of his life.

What'll you bet he ever calls again?"

「しかし彼を許しましょう。
私達は彼の人生の一夜に関与したのです。あなたは彼が再び訪れると何かにかけますか」

と、この詩を結ぶのであるが、人をとことんまで憎めない、また憎むような事態でない場合の人間の心理状態を鋭く追求したフロストのねらいは、やはり「人生の解明」(a clarification of life)[*4]が大きな主眼であったにちがいない。我々は言葉の内包する意味をたどりながら、人間感情の機微をおしはかり、それらを通じて最後に感じるのは、一抹の光明であり、救いである。

一般に我々が詩を読んで、喜びを感じとるのは、詩が散文とちがって、僅かの字数でこのような人生の種々相を暗示し、呈示し、意味づけをし、その解明を試みるからにほかならない。それ故に詩人にとって言葉とは、まさに英知であり、生命であり、読者にとって言葉とは、喜びであり、即人生であるわけだ。

さて次に、第二のケースとして、トンプソンの批評書の標題にもなった、フロストの詩「火と氷」(*Fire and Ice*)を取り上げてみよう。

Some say the world will end in fire,
Some say in ice.
From what I've tasted of desire
I hold with those who favor fire.

ある人は世界の終わりは火になると言い、
またある人は氷になると言う。
自分が欲望をあじわい知ったところから判断して
私は火になると言う人々に同意する。

この場合、火と氷という語は一体何を暗示しているだろうか。トンプソンによれば、それらは「愛または情熱の熱烈」(the heat of love or passion)と「憎悪の冷血」(the cold of hate)であり、[*5]安藤一郎によれば、感情と理性、夢と合理性、理想と現実を意味する。[*6]

フロストが、「私は世界の終わりが火になるという人々に同意する」と言って、世界には「火」で表象されるような愛とか感情・夢・理想が必要であると主張するのであるが、それでは「氷」の方を見捨ててしまうかというとそうでもない。再びトンプソンの卓越した見解を拝借すると、フロストは人間感動のドラマにおいて、最も根本的に相対立する両極をなすものは、「欲望」（desire）と「理性」（reason）、「情熱」（heart）と「知性」（mind）だと信じていた。[*7]

そしてこの考え方による熱望と理知が人間内部で葛藤し、前者は人間生活において積極的な力となり、後者は消極的な力となって、人間生活のパラドックスを構成し、「人生」はこれらの建設するものと、破壊するものとによって、新しく創造されるべきだと言うのである。このパラドックスの考え、両極端のものを認めあおうというフロストの思想を、「火」と「氷」はそれぞれの内包する意味を超えたところで、それぞれの呼応により、新たに浮かび上がらせていると見てよいだろう。

「春泥のときの二人の浮浪者」（*Two Tramps in Mud Time*）の詩に出てくる avocation と vocation の呼応も面白い。

My object in living is to unite
My avocation and my vocation
As my two eyes make one in sight.
Only where love and need are one,
And the work is play for mortal stakes,
Is the deed ever really done
For Heaven and the future's sakes,

人生における私の目的は、私の道楽と私の天職を一つにすることだ。ちょうど二つの眼で物が見えるように。愛と必要が一つになり、仕事が人間のための遊びであるところにのみ、神のために、未来のために、真に果される行為がある。

この私の好きな avocation と vocation の語の持つ、すばらしい音の響きもさることながら、道楽（副業）と天職（本業）とでは大いに性質が異なると思うけれども、それを異種のものとみなさないで、同一視いや統一視しようとする考えが面白い。当時のフロストにとっては、さしずめ vocation が詩作活動であり avocation が教職と考えられもしようが、それはともかく、彼は人間の有する機能を分けて考えることに反発したかったのかも知れない。何故ならアダムとイブの原型は明らかに一つのものであったし、愛と必要も元をただせば同一のところから源を発したものであろう。こうした分離が発生したからこそ、人間の性善説、性悪説なども生じてきたし、更に物事の表裏、二面性を考えなければおさまらなくなってしまった。こんな事では神の子として実に申し訳がない、早く原型に戻すべきだと、彼はさもいいたげである。

　別の詩「垣直し」（*Mending Wall*）においても、対比の詩行が出てくる。

Something there is that doesn't love a wall.
何かへだての垣を好かないものがある

"Good fences make good neighbours"
しっかりした垣は隣り同士を仲良くさせる

　これらも明らかに対立した考えを暗示してはいないか。即ち人間社会において、個人のコントロールのない欲望とか利己主義とか、自由とかをある程度抑制するために、壁または垣が必要であるが、しかし民主主義社会の理念は、このような垣を取り除いたところに芽ばえるべきだというのである。

　人間を深く洞察して行けば、フロスト自身にも解決可能なものと不可能なものとがあり、人間の力の限界にやはり気付くのであろうか。彼は先ず人間一個を愛して凝視して行ったが、後に人間相互の loving relation の必要を感じ、family さらには community を尊重するに至る。そして一方では「樺の樹々」（Birches）の詩句のように、高い樹によじのぼって、天に向かっては行きたいけれども、また樹が重みで堪えられなくなって、再び地上に戻ってくることをも認めているのである。

……Earth's the right place for love:
I don't know where it's likely to go better.
I'd like to go by climbing a birch tree,

And climb black branches up a snow-white trunk
Toward heaven, till the tree could bear no more,
But dipped its top and set me down again.

大地は愛にとって最もよいところ。
一体どこへ行ったらよくなるのか知らないが、
私は高い樺の樹をよじのぼって
雪のように白い幹の上の黒い枝に到り
天に向って行きたい。
そしてついには樺が重みで堪えられず
その梢を傾けて、私を再び下へ戻すまで

　一見矛盾したような言葉、思想の裏に見出されるのは、やはりフロストのヒューマニストとしての面目である。地上には愛だけではない、いろいろな苦悩が多く存在する。かといって、人間は地上を離れるわけにはいかない。大地こそ人間のすみかなのだ。

　さて話かわって、第三のケースを説明するために、「夜と知り合い」（*Acquainted with the night*）という詩を見てみよう。この詩は、人間の孤独な一面を浮きぼりにしているがそのさびしさを一層白々しくするように、

One luminary clock against the sky

一つの夜光時計が空にかかっている

の詩句が鮮やかである。しかもこの一節にはなんら言外の意味は含まれず、詩全体を眺めた時に、はじめていきいきとしたイメージとして全体をひきしめる。これはフロストのよく使う転調手法の効果にもよる。

I have been one acquainted with the night.
I have walked out in rain—and back in rain.
I have outwalked the furthest city light.

I have looked down the saddest city lane.
I have passed by the watchman on his beat.

と同じような書き出しの表現から、途中でぱっとOne luminary clock against the sky と転調するのである。このため詩の形式上からも我々読者は注意をひかれる。

転調法は文体論でよく問題にされる手法であるが、「作男の死」（*The Death of the Hired Man*）の結尾を飾る、

“Dead,” was all he answered.
「死んだんだ」それが彼の答えだった

も、この手法の一例と考えてよいだろう。一度も詩に登場してこない作男のサイラスが、結局前後の文脈から判断して、我々は彼がのたれ死にすることを知るのであるが、この最後の言葉が、彼の死を効果的にしている。この一行には、それまでのウォーレン夫妻のやりとりも、月光が妻ウォーレンのエプロンにふり注いでいるというロマンチックな叙景の描写も、ぐっと圧縮してしまう力があり、まるで絶対的な死にかかれば、日常我々の周囲に起こる出来事などとるに足らないものであるかの如き感さえ抱かせる。

このような転調法は、我々読者にとって、表現のぼやかしに活を入れ、詩の理解を促進する手助けにもなる。はっきりとした言葉で表わしながらも、尚その上で、読者がいろいろと想像をたくましくしなければならないようなムードが浮かび上るのは、実に詩の特質というべきか。

フロストは難解な言葉を使わずに、ごくありふれた平凡な言葉やイメージを駆使して、部分的な描写から、一般的なユニバーサルな思想をひき出そうと苦心したようだ。先述した「子供の墓」の詩において、妻が窓から夫の作業を眺めている描写など、まさしく窓わくというアングルから、窓わくの外に展開する人間の姿、人間魂の全貌を見きわめようとした顕著な例といえないだろうか。また「慣例」（*The code*）という詩で、ごく些細な言葉が相手の感情を、いかに深く傷つけるかを語り、日常生活の部分的描写を通して人間生活全般にわたる問題を提起しようとする彼のやり方、更には我々読者が、自分の身の回りで、ぼんやりしていれば恐らく見過ごしてしまいそうな事柄を、彼がいかに鋭く観察し、人生への諷刺を試みているか等を知るべきである。人生の解明は、抽象的、哲学的な洞察だけにまかせてよいわけではない。人間生活のごくありふれ

た具体的な事象からも当然なされてしかるべきだ。フロストは、おごらず、たかぶらず、大地にしっかりと足をふまえて、日常生活の題材から人生を探求せんとしたユニークな詩人であった。

注

＊1　Lawrance Thompson : "Fire and Ice—The Art and Thought of Robert Frost" (Henry Holt, 1942)" 四四頁。

＊2　A pocket book of "Robert Frost's Poems" with an Introduction and Commentary by Louis Untermeyer. (A Washington Square Press, 1964)、一六頁。（詩の引用もすべてこの本から）

＊3　前掲書注2、六〇頁。'contrast between inner serenity and outer violence'

＊4　University of Minnesota pamphlets on American writers NO,2 Robert Frost, 一四頁から借用

＊5　トンプソン　前掲書　一二二頁。

＊6　安藤一郎『フロスト』（研究社）　一〇七頁。

＊7　トンプソン　前掲書　一八三頁。

「詩の音律」考

朝日新聞『天声人語』（昭和五十七年七月二十二日付）で、珍しい散文に出会った。それは、「ヒマワリの花が雨に打たれ、しおれている姿はさびしい。ヒマワリはやはり、夏の強烈な日差しを浴びて、堂々と咲いているところがいい。」という部分である。これを読んだ時、この筆者は「詩ごころ」の分かっている人だな、と直観した。二行の行頭に「ヒマワリ」という同音同綴同意の片仮名をすえ、しかも行尾には、「さびしい」、「いい」と脚韻してあり、しかも行中の三カ所にわたる「し」音（・印部分）の繰り返しが躍動して見事である。もちろんこの散文が伝える内容は容易であり、詩ともちがう趣きを呈するわけであるが、しかしこれを音読した際の調子の良さは、二行詩に近いものと言わざるを得ないのである。

詩というものは、説明や描写ではなく、ある情感を伝えるために、単調な言葉の配列に工夫がなされ、その一つとして音律が重視されるわけであるが、さてここで、私がテーマに使用した「音律」という言葉の中味を詳細に示しておく必要があろう。夏目漱石が『英文学形式論』で、音（sound）を三つの要素に分析したのと全く同じように、[*1] 私もそれを見習い、しかも私自身になじみ易い言葉におきかえたりして、以下のように明らかにしておきたい。

音律

①旋律（Melody）―音自身の連続した性質

②韻（Rhyme）――
- （イ）頭韻（Alliteration）
- （ロ）脚韻　Rhyme（母音とそれに続く子音の発音同一なこと）
  Assonance（母音だけの押韻）
- （ハ）その他の反復音（Repetition of sounds）

③律（Rhythm）―リズムは音の長短（quantity）、高低（pitch―accent）、強弱（stress）を三要素とし、[*2]「音脚」（foot）の一定した数から生まれるものである。その一定した音脚が詩の行（line）をこしらえる。各行の音脚から出る拍子を「韻」（metre）という。[*3]

ときに私のねらいは、実際の詩句にあてはめながら、詩における音律のありようを描き出し、併せて私自身の詩情の一端をいささかなりとも披瀝することにある。

北原白秋詩集『思い出』の中にある「糸車」の詩の一行目、「糸車、糸車、しづかにふかき手のつむぎ」には、冒頭に糸車を繰り返すことにより、昔なつかしい糸車の静かにゆったり回るさまや、糸車の頭部〔i〕音と、・印をつけた行中の〔i〕音の連続の呼応により、その情況にぴったりした、落着いてしかもやわらぎのある美しい音色をよくかなでているではないか。その他これに似たような詩句例は、彼の場合にはいくらでもあり、次に掲げるかの有名な「落葉松」の詩をはじめとして、「海雀」「夜」と枚挙にいとまがないほどである。

○からまつの林を過ぎて、／からまつをしみじみと見き。／からまつはさびしかりけり。／たびゆくはさびしかりけり。／

（「落葉松」の一部）

○海雀《うみすずめ》、海雀、／銀の点点、海雀、／波ゆりくればゆりあげて、／波ひきゆけばかげ失する、／海雀、海雀、／銀の点点、海雀。

（「海雀」）

○夜は黒…　瞑《つぶ》つても瞑つても、／青い赤い無数の霊《たましひ》の落ちかかる夜。／耳鳴の底知れぬ夜。／暗い夜。／ひとりぼつちの夜。／夜…夜…夜…

（「夜」の一部）

白秋は連続音の繰り返しをよく使用した。ためにメロディアスな点では人後に落ちない。その幾つかは素晴らしい童謡にもなって、多くの人々にうたいつがれてきたゆえんでもある。しかしながらあまりにも言葉の調子が良すぎて、詩全体が、やや軽やかなきらいを呈するのは否めない。多分それは萩原朔太郎のいう、[*4]詩たるためのもう一つの要素、つまり象徴手法による効果を、必死になって追求しようとしなかったことに起因するのかもしれない。換言すれば、白秋の詩には、表現された言葉以上に、謎めいたものがあまり見受けられないというのと同義ではなかろうか。このおもいは私だけのひとりよがりであっては困るので、次の客観的文章を是非読んでいただきたいと思う。

しかし白秋には朔太郎よりも描写的、絵画的素質が多いのであり、…（中略）…。ただマラルメ的観念象徴には遠く、たしかに「思想の概念」が乏しい。…（中略）…、霊的、精神的、形而上的な唯心性を欠くので、真に象徴の秘奥に踏み入ったものかどうかは疑われる。

白秋がその絢爛の感受性と詩才とを以てして、何となく膚浅・軽躁の感を免れないのは、かの唯心的一物を欠くが故ではなかろうか。[*5]

とはいうものの、これから論を進めて行く上で、音律第二番目の「韻」要素で、白秋が日本における第一人者であることに変わりはないだろう。「初恋」の詩の一行目「薄らあかりにあかあかと」でも、頭韻〔あ〕が先ず音律美をかもし出すために、さらには最終行の「踊るそのひと、そのひとり。」には、やはり頭韻〔そ〕と〔ひ〕が、初恋の「そのひと」の言葉に特別な重みをおくために工夫されてあるし、かつて九鬼周造が「日本詩の押韻」という論文で、「日本詩に生命を与え、音楽的世界性を獲得して、日本詩を世界的水準に高めること」[*6]をねらいとして、押韻の採用を提唱し、自らも率先してその実践作を発表したことがあるが、その考察資料でも、白秋の詩「空に真赤な」が、脚韻の好例として挙げられているほどである。

空に真赤な雲のいろ。／玻璃《はり》に真赤な酒の色。／なんでこの身が悲しかろ。／空に真赤な雲のいろ。

（『邪宗門』所収）

ついでにこの際、もう少し九鬼氏の同論に言及しておくと、日本語と英・独・仏の外国語との比較において、「単語の成員である子音母音の関係が、日本語では両者殆ど相半ばしているのに対して、英語及び独語では、母音に対する子音の割合が二に対して三以上、仏語にあっても三対四である」[*7]ということであり、子音の少ない日本語では、頭韻・脚韻のいずれにおいても、外国語ほどに十分な効果が期待できないという懸念も明らかにされている。そしてその打開策として、「最後から二番目の母音も含めた二重韻を日本語の典型的詩韻とみなすこと、さらにその二重韻の応和が先行の子音にまで拡充された、拡充二重韻を尊重すべきだ」[*8]と主張されているのである。さきほどの白秋の「空に真赤な」の脚韻を例にとると、三行目の〔Karo〕が拡充二重韻、それ以外の行の〔iro〕が二重韻ということになる。

　さていよいよこのあたりで、英詩を登場させてみたい。過日リーダーの教科書に出てきた、私の愛唱詩の一つでもあるイェイツの「イニスフリー湖島」を先ず取り上げてみよう。実際の授業では、予定進度の一時間をくずすわけにいかず、やや時間的に十分解説できなかったその心残りをここで十二分に晴らしてみたいのである。さらに本音をいえば、かつて若い時にこの詩を読んで印象付けられ、おりしもその感触の残像が先頃の授業で再びよみがえり、私の内部にくすんでいたものをこの機に整理してみたいという衝動が、私にこの音律考を書かせていると付言しておいた方がよいかもしれない。

The Lake Isle of Innisfree

I will arise and go now, and go to Innisfree,
And a small cabin build there, of clay and wattles made:
Nine bean-rows will I have there, a hive for the honeybee,
And live alone in the bee-loud glade.

And I shall have some peace there, for peace comes
　dropping slow,
Dropping from the veils of the morning to where
　the cricket sings;
There midnight's all a glimmer, and noon a purple glow,
And evening full of the linnet's wings.

I will arise and go now, for always night and day
I hear lake water lapping with low sounds by the shore;
While I stand on the roadway, or on the pavements grey,
I hear it in the deep heart's core.[*9]

まず脚韻から見ると、四行を一連として、三連ともそれぞれ abab, cdcd, efef の交叉韻で規則正しく押韻されている。そしてその六つの押韻の組み合わせのうち、子音がらみが半分あるではないか。日本詩の単純韻、つまり母音だけで終わる貧韻とくらべて、豊かな感じがするのは否めない。次に頭韻だが、第一連だけを取り上げてみても、一行目にはgoの〔g〕音が二つ。しかもこの場合は同音同綴語がたたみかけるようにして重ねて使われ、詩人のイニスフリーへ行きたい気持がさかんに伝わってくるようだ。二行目にはcabinとclayの〔k〕音があり、この音をかもし出すCというアルファベットを見つめていると、小さいながらもそこに手作りの小屋を建てるんだという詩人の気迫が感じられるのは実に不思議である。三行目には〔b〕と〔h〕の頭韻が続々と重なり、額に汗しながら畝に豆を植えているさまや、巣箱に蜜蜂がブンブンうなっている様子などを彷彿とさせるような、どこか陽気でしかも詠嘆的な音感を漂わせている。四行目は〔l〕音の連続、これらのlは母音の前にあっていずれも'clear l'であり、流音のためそのきこえ度、つまりsonorityは、これまでのどの頭韻音よりも大きく、ひろびろとした林間にたったひとりでも住んでみたい、という切なる気持を高らかにかなでていると想像したくなる。ついでにこの〔l〕と〔r〕の区別は、我々日本人にはなかなか難しい音であるが、発音されるとき〔l〕は舌の位置が前で、逆に〔r〕は口腔内の最奥部にあってなされるため、sonorityは両者同じだとはいえ、音の軽重差は鮮明である。この両者の対比を見事に表わしているのが、第三連の二行目と三行目であり、この二行において、r音は「都会のほこりっぽい車道、灰色の舗道に立つ」詩人の重苦しい気持を、一方l音は「湖岸に波がひたひたとうちよせて、憧れの湖水音を心で聞く」詩人の軽やかにはずむ気持をよくかもし出している。つまり我々は、詩人の現実と理想へのアンビバレンスな心情を、奇しくもこの両音比較により察知し得たわけであるが、特筆すべきはそれが明解な言葉の意味によってではなく、単に音により暗示されたにすぎないから、一層我々の感覚を刺激し、想像力を湧き立たせ、詩の世界への遊びをさかんにしてくれる点であろう。そのほか第一連にかぎっていえば、各行にわたって短母音〔ə〕〔i〕、長母音〔i:〕二重母音〔ai〕〔ou〕の繰り返しがあり、ネイティブ・

スピーカーでなくとも、この詩のリズミカルな調子は十分にうかがえる。さらに全体として、英詩特有のアクセントの有る音節と無い音節を規則正しく配置したmetreがあり、この詩ではところどころの転調（例えばその顕著なのは第二連において、一行目のdropping slowを受けて、二行目冒頭にDroppingを出して、強弱と調子を加えている）を除いて、だいたい弱強のIambic Metreにscanできるのである。

イェイツの自叙伝を読むと、この詩がどんな時に出来たのか説明してあるが、[*10]それによれば、アイルランドのダブリンからロンドンに一家転住したのが一八八七年で、彼が二十二歳の頃であり、その頃なお彼が十五〜十六歳の時に心に抱いた、アイルランド僻地スライゴー地方（そこで彼は六歳頃まで祖父母に育てられた）にあるギル湖に浮かぶ小島イニスフリーに、米作家ソーローが実体験したウォルデン湖畔の「森の生活」を真似て、ひとりで住んでみたい欲望をすて切れず、ある日悶々としてロンドンのフリート・ストリートを歩いていた時に、とある店のショーウインドーに噴水が作られており、その噴き出す水の上で、小さなボールがバランス良く回っているのを見た瞬間、その水音と共に、ギル湖の岸辺にうちよせる湖水を思い出し、幼い頃の記憶がよみがえって、「イニスフリー湖島」の詩ができたという。

かくしてこの詩が望郷のうたであることは明白である。室生犀星がイェイツとほぼ同じ年頃に書いた、「ふるさとは遠きにありて思ふもの／そして悲しくうたふもの／よしや／うらぶれて異土の乞食《かたゐ》となるとても／帰るところにあるまじや／ひとり都のゆふぐれに／ふるさとおもひ涙ぐむ／そのこころもて／遠きみやこにかへらばや／遠きみやこにかへらばや」（「小景異情」その二）を読むときと同じような、詩人の郷土への熱い心を感じざるを得ない。犀星も雪の深い北国に育ち、美しい雪に閉ざされたときは一人ぼっちを好み、ものみなが萌え出ずる春の頃には、野山をかけずりまわって、友との深い情愛にひたり、季節のうつりかわりや自然との感傷にふけったりして、少年時代を謳歌したらしいが、[*11]所はちがえどふるさとへの思慕は両者全く変わらず、またこの二つの詩が偶然にも彼らにとって、詩人としての出立の光栄ある楽音となって世に出たことも同じである。これら望郷の詩を口ずさむと、ことのほかさわやかな、純な抒情がほとばしり、まことに快い美感を我々に授与してくれる。しかも、その素晴らしい言葉の音楽をかなでる詩の世界で、幼少の頃より詩人の内奥深くきざみこまれた、自然への詠嘆・共鳴、事物への憧憬・畏敬・情熱やらが、なおひそやかに生動し続け、我々の精神に格調高い、ある種のエクスタシィーを注入すべく、悠然とひかえているありさまに、我々は感嘆の声をあげずにはいられないのである。

　詩とは、まさにワーズワースのいうように、「強烈な感情の自然に溢れ出たものであり、それは心が平静になったときに回想せられた情緒から生れ出る」[*12]ものであろうし、またポーの、「The Rythmical Creation of Beauty」[*13]という定義付けなどが、私の記述に確かな色合いを添えてくれるであろうが、かねがね私は、詩というものは、詩人その人の独自な世界なのであるから、有名であろうとなかろうと、他の人が追従できない情感がうたいこまれておれば、それでよいではないかと思っていたが、しかしこの音律考を書き進めるにつれ、言葉の錬金術師たる詩人が、いかなる素材にせよ、何年もいや何十年も心に暖めてきたものを、僅か十数行の作品に凝縮して吐露する世界に、ひとりよがりの心情発露で満足なものは決してあり得ず、万人の感動をかちとるには、やはりそれ相当の共感性を伴っていなければならないと痛感するに至った。そしてその条件をみたすには、やはり詩語や詩句にひびき合う音楽性が第一であろうし、実際それがない詩で、今までに人口に膾炙《かいしゃ》したものは皆無であるとさえ断言できよう。

　仏詩人たちの中でも、ヴェルレーヌは、泥酔と家庭不和、新婚妻への乱暴狼藉、ランボーとの同棲、いわゆるブリュッセル事件（ランボーに向け拳銃発射し入獄）、教え子の養父となる、母を虐待したかどにより入獄、ボヘミアン生活と、まさに尋常ならざる人生を送る「背徳のデカダン詩人」で知られるが、こと詩に関しては、「音調を何より先に」と宣言したりして、音楽的律動に溢れる幾多の名吟を世に問うた。とりわけ「秋の日の／ヴィオロンの／ためいきの／…」（上田敏訳、原題 *Chanson d' Automne*）とか、「都に雨の降るごとく／わが心にも涙ふる。／…」（鈴木信太郎訳、原

題 *Il pleure dans mon cœur*）とか、「空は屋根のかなたに／かくも静かにかくも青し。／…」（永井荷風訳、原題 *Le ciel est, par-dessus le toit…*）とかは、まさに無類の絶唱であろう。[*14] この中から一つだけとりあげ、考察の材料に加えてみたい。

都に雨の降るごとく

都にはしめやかに雨が降る。

（アルチュール　ランボー）

都《みやこ》に雨の降るごとく
わが心にも涙ふる。
心の底ににじみいる
この侘しさは何ならむ。

大地《だいち》に屋根に降りしきる
雨のひびきのしめやかさ。
うらさびわたる心には
おお　雨の音　雨の歌

（第三、四連は省略。鈴木信太郎訳）

IL PLEURE DANS MON CŒUR

Il pleut doucement sur la ville. (Arthur Rimbaud)

Il pleure dans mon cœur
Comme il pleut sur la ville.
Quelle est cette langueur
Qui pénètre mon cœur ?

O bruit doux de la pluie
Par terre et sur les toits!
Pour un cœur qui s'ennuie,
O le chant de la pluie!

Il pleure sans raison
Dans ce cœur qui sécœure.
Quoi! nulle trahison ?
Ce deuil est sans raison.

C'est bien la pire peine
De ne savoir pourquoi

Sans amour et sans haine
Mon cœur a tant de peine!

脚韻はａ□ａａ、ｂｅｂｂ、ｃ□ｃｃ、ｄｅｄｄと、どの連も二行目をとばして、一・三・四行と押韻し、しかも一行目と四行目とは同一語を使用、そして第二連と第四連の二行目が押韻してある珍しい形式である。栗田勇の「フランス詩法概要」によれば、「よい脚韻とは、人の期待をみたすと同時に、驚きのよろこびをひきおこさなければならない」[*15]とし、脚韻に豊かさ・珍しさ・響きの三つの面を指摘するが、第一連〔œ：ｒ〕、第二連〔ｙｉ〕、第三連〔ｚõ〕、第四連〔ｅｎ〕の脚韻に対する我々の期待度は十分であり、その前に〔ｋ〕〔ｌãｇ〕、〔ｐｌ〕〔ãｎ〕、〔ｒε〕、〔ｔｒａｉ〕、〔ｐ〕の各音がついて、その響きも見事である。またtoits!, pourquoiと驚きのトーンもくみ入れられており、そのほか行頭のところどころに、Quelle・Qui・Quoi！とｑ音で始めたり、さらに行頭行中をとわず頭韻Ｐ・Ｃ・Ｓ音の繰り返しが目立ち、詩には不可欠である「諧調」（L'harmonie）のある語を巧みに選択配置し、ランボーとの同棲生活のとりとめもない倦怠感なり、恍惚と後悔と不安とが錯綜する情感なりを、ロンドンにけむる雨の音にからませながら、ハーモニアスな音楽的旋律によくのせているではないか。

このように、仏のいわゆる象徴派詩人たちには、詩の音楽的効果をねらった作品が多く名吟も少なくないが、とりわけボードレールの「夕の諧調」という詩は有名であり、上田敏も『海潮音』で、これに……「日や落入りて溺《おぼ》るるは、凝《こご》るゆふべの血潮雲《ちしおぐも》、君が名残《なごり》のただ在るは、ひかり輝く聖体盒《せいたいごう》。」とうたい終わる名訳を残している。この詩は、「パントウーム」という独得の詩形で書かれていて、それは粟津則雄の説明では、「各連のうちの二行が、次の連で繰り返され、この繰り返しのうえに、言わば対旋律のように、新しい詩行が加えられ、それがまた次の連で繰り返されて行く」[*16]といった誠に風雅な形式をとっているが、四連の脚韻構成も、ａｂｂａ、ｂａａｂ、ａｂｂａ、ｂａａｂという風に、実に単純明快な規則正しい抱擁韻で押韻され、しかもそのうち同音同綴同意による各二語が、上記の理由により次の連へと繰り返されて行くという、珍しくも素晴らしい技巧に凝ったものである。
参考までに、その原文を次にのせておこう。

HARMONIE DU SOIR

Voici venir les temps où vibrant sur sa tige
Chaque fleur s'évapore ainsi qu'un encensoir; ㋑
Les sons et les parfums tournent dans l'air du soir,
Valse mélancolique et langoureux vertige! ㋺

Chaque fleur s'évapore ainsi qu'un encensoir; ㋑
Le violon frémit comme un cœur qu'on afflige; ㋩
Valse mélancolique et langoureux vertige! ㋺
Le ciel est triste et beau comme un grand reposoir. ㋥

Le violon frémit comme un cœur qu'on afflige, ㋩
Un cœur tendre, qui hait le néant vaste et noir ! ㋭
Le ciel est triste et beau comme un grand reposoir; ㋥
Le soleil s'est noyé dans son sang qui se fige. ㋬

Un cœur tendre, qui hait le néant vaste et noir, ㋭
Du passé lumineux recueille tout vestige !
Le soleil s'est noyé dans son sang qui se fige ㋬
Ton souvenir en moi luit comme un ostensoir !

最後に、我国独自の和歌・俳句などの短詩形文学について、少しばかり触れておきたい。小林一茶に、「亡き母や　海見るたびに見るたびに」の句があるが、『折々のうた』（朝日新聞、昭和五十七年七月二十九日付）で取り上げられ、それによれば、山深い信州生まれの一茶は、海に憧れていたが、その海を見るたびに、海は彼を幼い日に連れ戻すという、この懐旧の情の旋律は、「見るたびに」と二度重ねる、その詠嘆のしらべの背後に、大きな余韻となって我々の心を打つ。この決して言葉で表出されない言外の余韻、換言すれば、うたの内部から自然ににじみ出てくるようなリズム、即ち「内在律」[*17]の存在も、我々はゆめ忘れてはならないだろう。若山牧水の和歌、「白玉《しらたま》の歯にしみとほる秋の夜の酒はしづかに飲むべかりけり」（『路上』

所収）においても、頭韻〔し〕の微妙な、繊細な音感とは別に、牧水のおおらかで、尊厳な、それでいて余裕（遊び）のメロディーをかいまみることができる。〈詩《うた》〉とは、なんと味わい深いものであろうか。言葉で表現される以上、それが表意の、あるいは表音の、どちらの作用をもないがしろにされないで、うたびと（詩人）の内奥にひそむ魂の叫びと見事に符合し、内部燃焼の一助ともなれば、詩にはさまざまな情感が無尽蔵にはめこまれるのは当然のなりゆきであり、それに輪をかけたように、言葉のもつ音楽的なものが、詩人の全存在をかけた魔術的手法のさえにより、歓喜の開花をみせるなら、こんな素晴らしいことはないのである。逆説的な言い方をすれば、自然な調子で音読できないもの、どこかよそよそしくて、ぎこちないものには、我々の燃えたぎるようなおもい（うたごころ）を響かせることは困難であり、やはり幾世代にもわたって、語り、うたい続けられることは期待できない。「詩ごころ」とは、人間の高尚な情愛にかかわるもので、格調の高低、美盛の強弱、価値の大小に、敏感に反応するものとみてよいだろう。詩の音楽性こそ、まず詩の第一義と言わざるを得ないのである。

幾時代かがありまして　茶色い戦争ありました／
幾時代かがありまして　冬は疾風吹きました／幾
時代かがありまして　今夜此処での一《ひ》と殷盛《さか》り
今夜此処での一と殷盛り／
（中原中也「サーカス」一部）

注
＊1　漱石全集　第一五巻（角川書店、昭和三十八年）五二頁。
＊2　齋藤勇著『英詩概論』（研究社、昭和三十九年）一七五頁。
＊3　尾島庄太郎著『英詩の味わい方』（研究社、昭和四十七年）三頁。
＊4　萩原朔太郎「自由詩の本道はどこにあるか」（『詩論と感想』より）——全集第三巻（新潮社、昭和三十七年）六九頁。
＊5　岡崎義恵著『日本詩歌の象徴精神』現代編（宝文館、昭和四十四年）六一～六二頁。
＊6　九鬼周造著『文芸論』（岩波書店、昭和五十年）四八〇頁及び四八九頁。

＊7　同書　三〇九頁。
＊8　同書　三七〇～三八一頁。
＊9　The Collected Poems of W. B. Yeats (Macmillan, 1963) 四四頁。
＊10　W. B. Yeats "Autobiographies" (Macmillan, 1961) 一五三頁。
＊11　「抒情小曲集」自序―日本現代詩大系　第六巻（河出書房新社、昭和五十年）二六五頁。
＊12　'Preface to Lyrical Ballads'―"English Critical Texts" (Oxford, 1964) 一八〇頁。
＊13　'The Poetic Principle'―"Poe's Poems and Essays" (Everyman's Lib., 1964) 九九頁。
＊14　『ヴェルレーヌ詩集』（新潮文庫、昭和四十六年）―巻末「ヴェルレーヌ年代記」参照。『フランス詩集』（新潮文庫、昭和四十年）―解説。
＊15　栗田勇著『フランス近代詩入門』（錬金社、昭和三十三年）三五頁。
＊16　粟津則雄著『詩の行為』（思潮社、昭和四十八年）二三三頁。
＊17　矢本貞幹著『文学技術論』（研究社、昭和四十九年）五〇頁。

朔太郎と猫

萩原朔太郎に、彼の最初の短篇小説とみなされる『ウォーソン夫人の黒猫』というのがある。この物語の主題はジェームズ教授の心理学書に引例された実話であると附記されているが、まさにポーの『黒猫』の姉妹篇ともいうべき内容で、これも黒猫にまつわるあやしい雰囲気をよくかもし出している。この黒猫は午後四時近くになると、夫人の閉めきった部屋にどこからともなく現われ、夫人が勤め先から帰り、窓を開けると同時に、そこから影のようにとび去って行くのであるが、夫人はこの奇怪な出来事を無気味に感じ、もち前の理知と推理力でその解明にのり出す。先ず部屋のすみずみへ色チョークの粉をまくことを思いつき、それでも不可解となると、今度は出勤をとりやめ、終日扉の蔭にかくれて、鍵穴から覗きこむ実験をした。だが結果は依然として同じであり、その気味悪い黒猫はいつものように、同じ床の上に坐りこんでいた。このいまわしい事件にすっかり苦しめられた夫人は、次に第三者の実証を確かめるために、三人の友人を招待して成り行きを見守ろうとするが、結果は全く同じで、ついに頭に血がのぼった夫人は、「猫が死ぬか、自分が死ぬかだ！」と絶望的になり、その猫めがけてピストルの引金をひく。だがその猫は依然として前と同じように坐っており、ついに頭にきた夫人は、四発、五発、六発、……と自暴自棄になって拳銃を乱発し、最後の弾を彼女のコメカミに打ち放ち、狂乱の体《てい》ではてしまうのである。もしこれが実話だとすれば、本当に恐ろしいことではないか。ただ黒猫がじっと坐っているだけで、善良な人間を死に至らしめてしまうことだってあり得るのだ。

朔太郎はポーを「常識の世界を超越した神秘詩人で、本能的にさえ薄氣味の悪い狂人だ」（「ポー、ニイチェ、ドストエフスキー」）と評しながら、文学者としてのポーを恐れると同時に畏敬し、彼から多大の感化を受けたが、その影響がこういう短篇にありありと窺える。ポーの『黒猫』も、『ウォーソン夫人の黒猫』も、いずれも黒猫を題材とし、その「怪奇性」「妖怪性」を前面に押し出しながら、人間心理の異常なさまをものの見事におりこんで、ついには人間の狂気のはてまでえがくことにより、その因《もと》となったのが人間の性《さが》なのか、超自然的なものなのか、それとも何か他のものなのかを見極めようとする。このように文学上のミステリーを賛美しながら、現実世界の恐怖や神秘、人間性の複雑さや怪奇さを象徴的にのぞきこもうとするのが両者のねらいとするところかもしれない。

　朔太郎がポーから強い影響を受けていることは先に少しふれたが、ボードレールがポーによって異常な感化を受けたことも有名である。しかし朔太郎はボードレールを、「さのみ恐ろしく思って居ない。なぜならボードレールの理智や感情は、所詮佛蘭西的聰明の高調で言はば一種の高等常識にすぎないから」（「ポー、ニイチェ、ドストエフスキー」）と批判している。ちなみにボードレールの『悪の華』から「猫」という詩の一部を引用してみると、

神秘な猫よ、清らな猫よ、
奇妙な猫よ、
そなたにあつては何も彼も、天使の場合同様に、
微妙で且つは程がよい！
亜麻いろと栗いろのその毛並から
甘やかな匂ひが立つて、或る晩なぞは、
一度だけ、ただ一度だけ、撫《さす》つただけで
僕までが移り香に匂つたほどだ。（堀口大學訳）

という風にまるで常識的な、愛玩的な猫のイメージをうたっているにすぎない。猫の毛並も「亜麻いろ」、「栗いろ」であり、いくら彼が、「神秘な、清らな、奇妙な」という言葉を羅列しても、詩から受ける猫の印象はごく常識的な、ごくサロン的なものでしかない。また別の詩、「汝《な》が頭《かうべ》、なよやかなる背すぢかけ、／わが指のしづしづと撫でさするまに、／掌《てのひら》のいつしかに、快よく汝《な》が體《たい》のエレキを享けて、／酔ふほどに、／」（同書「猫」の一部）を読むと、なにやらなまめかしいが、「人戀ふる」ボードレールが、相手の女性への思慕空間の中ほどに、いや身近に猫をひき寄せ、それをさながら恋情のいやしの代用と見つめるが如き印象しか与えていない。確かにそういう猫の

イメージの方が一般的であろう。しかしポーの、或いは「ウォーソン夫人の黒猫」のような迫力には欠ける。ポーが『詩の原理』で述べたように、人の気持を興奮させ、魂を高揚させなければ、詩としての或いは文学としての価値も乏しいというわけかもしれない。

さて、萩原朔太郎の「青猫」であるが、彼自身の言によれば、

「青猫」の「青」は英語の Blue を意味してゐるのである。卽ち「希望なき」「憂鬱なる」「疲勞せる」等の語意を含む言葉として使用した。……… つまり「物憂げなる猫」と言う意味である。もう一つ他の別の意味は、集中の詩「青猫」にも現れてる如く、都會の空に映る電線の青白いスパークを、大きな青猫のイメーヂに見てゐるので、當時田舍にゐて詩を書いてた私が、都會への切ない鄕愁を表象してゐる。（『定本青猫』自序より）

というのであるが、この色彩感覚は彼独得のものであり、私の思いではポーの「黒猫」、メルヴィルの「白鯨」にまさるとも劣らない風趣があり、「青」以外の他の色では、彼の心象にぴったりかなわなかったであろうと断言してよいが、それはさておき、次に「猫の死骸」という詩に注目したい。

猫の死骸

海綿のやうな景色のなかで
しつとりと水氣にふくらんでゐる。
どこにも人畜のすがたは見えず
へんにかなしげなる水車が泣いてゐるやうす。
さうして朦朧とした柳のかげから
やさしい待びとのすがたが見えるよ。
うすい肩かけにからだをつつみ
びれいな瓦斯體の衣裳をひきずり
しづかに心靈のやうにさまよつてゐる。
ああ浦　さびしい女！
「あなた　いつも遲いのね」
ぼくらは過去もない未來もない
さうして現實のものから消えてしまつた。……

浦！
このへんてこに見える景色のなかへ
泥猫の死骸を埋めておやりよ。

この詩について、朔太郎は「青猫を書いた頃」（『廊下と室房』）で、

浦は私のリジアであつた。そして私の家庭生活全體が、完全に『アッシャー家の沒落』だつた。それは過去もなく、未來もなく、そして「現實のもの」から消えてしまった所の、不吉な呪はれた虚無の實在—アッシャー家的實在—だつた。その不吉な汚ないものは、泥猫の死骸によつて象徴されてた。浦！　お前の手でそれに觸るのは止めてくれ。私はいつも本能的に恐ろしく、夢の中に泣きながら戰《をのの》いて居た。

と彼の心情を吐露する如く、彼はこの詩で家庭生活の「アッシャー家」的崩壊の虚無の実在をうたい、その不吉な汚ないものを「泥猫の死骸」によって象徴したが、「過去もない、未来もない、そして現實からも消えてしまつた」と語る鏤骨の刹那に、ふと我に帰る空間があって、過去のものとなってしまった泥化の猫の死骸を葬ってしまいたいという、半ば自暴自棄の気持が、詩の背景となった自然とうまく合致して、人為的でない懊悩を十二分に感じさせるではないか。

いずれにせよ、朔太郎の詩における猫のイメージは、ポーのそれとは全く異質で、どことなく親しみやすく、そんなに深刻でないのが特徴である。またこれは詩と小説のちがいからくるのであろうが、同じ素材を扱ったにしても、詩においては、猫といえども詩人の分身であり、好むと好まざるとにかかわらず、猫のイメージは即人間朔太郎を、それに生き物としての生にまつわるおもいを我々に語りかけてくれる。詩に表現された猫が妙に猫らしくなく、また詩から遠ざかると、詩句にうたわれていた猫のイメージが妙に猫らしく、ときに朔太郎のおりおりの心情をよく折りこみ表象しながら、我々の脳裏に躍動して、えもいわれぬ情感をなげかけてくれたりする。藏原伸二郎の「猫。青猫。萩原朔太郎」なる見事な詩文は、よくこのあたりのこと

をもっと上手に語ってくれているので、次にその一部を引用してみたい。

> この猫だか、彼だか、かれだかねこだか、さだかに判明しない境地。まことに不思議な猫、青猫は—かくて、新しくこの世界に存在し、生々と活動するのである。
>
> この猫の活動する世界、風景が、じつによにもさむしい情緒の景色だ—たましひの奥の奥の奥の幽玄の世界—音律のしづかに流るる地方！ プラトーの住せるイデアの世界。
>
> この妙な青猫をして、少しも、彼を（人間としての）覗かせないところが、かれのすばらしい藝術だ。身を虚にして猫になりきつた後、完全に猫を自分の中に生かす境地—さうして最後に猫に自我を與へて、再び自由な猫として甦生せしめる。
>
> これだけの道を通つて來たかれの猫が、げに尋常一様の猫でないことは故あることであらう。
>
> よにもさむしくふしぎな魅力にみちた「青猫」はかくして生れ出で、かくして人々のたましひをいうわくし、うれしがらせさみしがらせ、むずがゆがらしめる、死ぬまでうれしくむずがゆがらしめる。

朔太郎自身も、先ほどみた『定本青猫』の自序で『月に吠える』よりも『青猫』の方を愛していると述べたごとく、詩集『青猫』に関しては、大いなる自信と愛着とを感じていた。そしてまた、アフォリズムにおいても、「詩人と猫」と題して次のように記述するのである。

> 詩人は猫に似てゐる。極めて纖細な趣味や知覺をもち、過敏な文化的感電性を持つてゐながら、外見の優美さには似もやらず、氣質の本能的な性格では、未だ多分に肉食獸の野性を素因してゐるところの、文化的に順育されてない動物である。

朔太郎にとって猫へのおもいは、決して嫌悪の対象とはならなかった。いやむしろ、「詩人は猫に似てゐる」などと称して、詩人の猫的な特質すら指摘するのである。実際彼の書いた文字をみても、それにすり切れた着物をひきずって、ときには酩酊しながら、なよなよと歩いた姿などを書物等から知るにつれ、我々が彼自身のどこかに猫的なイメージを感じとることができるのはまた愉快であるといわなければならない。

次に彼の散文詩風な小説『猫町』は、現実ばなれした幻想の彼方に猫のイメージを彷彿とさせてあまりある作品であり、私の論旨の結末を促す格好の題材として、是非とも取り上げてみなければならない。

瞬間。萬象が急に静止し、底の知れない沈黙が横たはつた。何事かわからなかつた。だが次の瞬間には、何人《びと》にも想像されない、世にも奇怪な、恐ろしい異變事が現象した。見れば町の街路に充滿して猫の大集團がうようよと歩いて居るのだ。猫、猫、猫、猫、猫、猫、猫。どこを見ても猫ばかりだ。そして家々の窓口からは、髭の生えた猫の顔が、額縁の中の繪のやうにして、大きく浮き出して現はれて居た。

この有名な部分を含むクライマックスは何とも詩的な表現ではないか。この詩にあらずして詩のごとき内容をどのように解説してよいのか大いに戸惑うが、意識のバランスを失って崩壊した或る人間の宇宙空間に、猫の群像が百鬼夜行する幻想界――ここに私は、人間の意識外の、超自然的な世界の存在をかいまみると同時に、作者の意識して描いた猫の群像から、猫のもう一つのイメージ、即ち「幻想性」を感じとらざるを得ないのである。そして人間と猫の両者がおりなす幻想の世界に、作者は読者をしてさまざまなおもわくを想像させながら、文学的妙味の空間を表出してニンマリとしているのである。「『猫町』私論」を著わした清岡卓行は、この猫の群衆を、「人間の群衆を客観的刺戟とする幻覚である」と評した。そして猫の群衆という幻覚がかたどる人間の集団を、具体的には、「詩人と同時代の、戦争期に突入して、陰惨な全体主義に染めあげられようとしている大衆」であり、また「社会的現実において抑圧されている詩人、または、そのような一部の大衆である」と論評した。そしてそのよってくるところを

主人公にとって、町にいた人間の群集には、自分も属しているという集団性が感じられていたはずであるが、そこに生じた猫の群集の幻覚には、そうした意味の集団性はまだ感じられていない。あるいは、ずっと感じられないかもしれないのである。こうした二つの事情の微妙な差から矛盾が生じているわけで、そのため、猫の群集の幻覚に鋭く覚えているものは、他者性であり、怪奇性なのである。

さらに言えば、比喩ではなく生の幻覚である猫の群集の他者性の中に、人間であるはずの自分が吸収されるかもしれない集団性が、生じようとしているようであり、そこに矛盾の深い原因があるということになるだろう。

この矛盾は、おそらく、萩原朔太郎自身がなんらかの人間の大衆にたいしてもっていた悩ましい矛盾とかかわるはずである。（21より）

と推論し、猫の大群のもつ意味をさぐるのである。

猫のイメージに「他者性」「集団性」を挙げた彼の推理は見事だが、私自身はそのような深い洞察より、初印象として猫の「戯謔性」「無頼性」の感じの方が強かった。「どこを見ても猫ばかりだ。そして家々の窓口からは、髭の生えた猫の顔が、額縁の中の繪のやうにして、大きく浮き出して現はれて居た。」という表現から、

だが次の瞬間、私は意識を回復した。静かに心を落付けながら、私は今一度目をひらいて、事實の眞相を眺め返した。その時もはや、あの不可解な猫の姿は、私の視覺から消えてしまつた。町には何の異常もなく、窓はがらんとして口を開けてゐた。往來には何事もなく、退屈の道路が白つちやけてた。猫のやうなものの姿は、どこにも影さへ見えなかつた。

と続く表現の合間には、もちろん朔太郎が「形而上の実在世界」を極めようとして、努力した空間を漂わせているとはいえ、私自身猫のイメージの、縦横無尽

な「戯謔性」のトーンを感知しないわけにはいかない。だいたい、猫、猫、猫、…と七文字も連ねて猫の集団をほのめかす語調からして、何か作者の「天の邪鬼」的な要素をぬぐいきれないではないか。猫にまつわるおもいには、どうやら人間の天の邪鬼と大いに関係がありそうである。ポーの『黒猫』で主人公の天の邪鬼のせいにより、猫が蚕行を蒙ったのとは別の意味で、作者の天の邪鬼的興味が猫の表現をかり立てる—何かそういう魔力が「猫」のイメージには存在するような気がしてならない。

とにかく私は、この小論で猫にまつわるイメージの数々をさぐってきた。どのようなイメージであれ、メルヴィルの『白鯨』や、カフカの『変身』などの立派な文学作品の素材にとりあげられた身近な生き物が、まるで人間と同じように、いやそれ以上に、人間の複雑な心理を代弁するものとして、読者の心の奥底深くえぐってきた効果は大きい。別にそれらは作品の中で人間のようにしゃべるわけではないが、ただ存在するだけで、それらにまつわる種々のおもいを我々に語りかけてくれるということは、人間が人間以外のものと如何に深く係わっているかを立証してあまりある。もちろん人間心理の深遠さ、人間の性《さが》の複雑さを表象する手段として、文人がそれらを利用することはあっても、それらの存在こそが神秘であり、この神秘性は人間が絡んでも決して優劣がつくものではない、と考えてこそ人間についてもっと深く洞察することが可能になるわけであろう。詩人は森羅万象ことごとく自分のものにしなければ気が済まない。たとえ猫でも詩人の目には、興味津々たる詩的対象と映り得るのである。とはいえ、詩人は動物の猫そのものを好む必要はさらになく、ただ猫というイメージを愛すればよいといえる。私が猫のイメージを掘り下げて追求して行ったのも、こうした観点から、詩人の境地に少しでも近づきたかったからにほかならない。

解説

詩でたどる、詩を生きる

神田さよ

岸本さんの詩作品を読んでいると、心が素直になってくる。題材は身近なものばかりで、言葉も平易でストレートである。時々、学者ならではのひきしまる言葉がきりりと詩を締める。旅の詩、家族の詩、地域活動での詩、なにより自然を詠った作品がよい。自然への賛歌は詩の中心におかれているが、自然と対峙する人間のなせる業を述べている。

途中で「下水中央処理場吐口築造工事」
人間が生き延びるために
良き古里のおもいを
すっかり消して
一体誰がそこに墓標を打ち建てるというのか
「川下鎮魂」

冬の堤防を歩く
こゝでもゴミ袋がはらわたを出し
背の高い雑草はうすぎたなく枯れて
—中略—
ふと川底に白さぎ一羽たたずみ
首をかしげて孤独をついばむ
私とて同《おんな》じか
「私の冬景色」

人間による自然への悪行をさらりと描いている。岸本さんは、批評の味を詩のなかに入れているが、それは怒りでもなく、そして諦念でもなく、人間社会に憤りを感じ、嘆いている。

岸本さんは教育職に長年就かれ、その後定年退職された。最終勤務高校で、教職員を統括されるお立場にあった。校務を整理されたり、若い職員を育成したり大変な激務だったと思う。しかし、岸本さんは立場を超えて、地味な仕事をこつこつと自ら進んでされているお姿を想像する。高校の教師を退職された後、枚方市にある、関西外語大学の英米文学の専任教授として招かれることになる。この関西外語大学穂谷学舎で教鞭をとることで、岸本さんにとって、詩への道をなお一層豊かなものにした。詩集『碧空』には穂谷学舎を賛美した詩が収められている。

関西外国語大学穂谷学舎の
りりしくモダンな建物が見える
ツーンと音がして
わが耳目をうたがった
こんな地から世界へ発信せんとする
息吹を印象付けられるとは

「夢の穂谷へ」

「穂谷再訪」「無心にて候う」「悠然として」「唯《ただ》有難う」など穂谷学舎を描く作品群は解放された情感をもって語られている。また、教授時代に書かれた、数々の詩論、評論は詩の本質をきめ細かい論理の積み重ねで論じられた。これから詩を書く者にとって大いに役立つことになるだろう。

大学退職後、地区の保護司、また、自治会長として地域に貢献することとなる。このような地味な、ボランティア精神に満ちたお仕事を買って出る岸本さんに尊敬の念を抱く。「わがまち礼賛」では在住する摂津市桜町への賛美が描かれている。岸本さんが描く理想の町でもある。「ゴミは捨てるより、拾う意識で」という標語を詩に登場させる心意気は、町を良くしようとする真っすぐな思いがそうさせたのであろう。

私生活上、回避できない身内の死、自身の病という運命の波にも触れる。「我が喜寿のうた」は記録的な散文の要素で書かれているが、行替えの詩の体裁をもつ。岸本さんは病魔と闘ったことを記録的に詩に書き、何としても生き抜くという強い信念を、行替え詩をもって表現した。

生き抜くという揺るぎない信条は詩への情熱と重なる。第9詩集『光いずこに』所収「詩を生きる」を全文引用する。

詩を想いながら
詩で生きるのではなく

「詩を生きる」と表現したい
そのため　心は詩的に
専ら詩的空間に自己を埋没させ
自然への瞠目・賛美や驚嘆・畏怖など
素直な反応と、寝枕もたまには旅でとばかり
日常とは異質のふくらみや柔軟性を
我が人生に培いつつ　さらには
詩を生き切ることを覚悟して
その術や力量を余生に開拓せしめんと

岸本さんの詩は、誰でも読んでわかる。いわゆる、現代詩の難解さはなく、平明な言葉で素直に描いている。直球でストンとくる。この素直さは何処からくるのだろう。前にも述べたが、高等学校での教職に長年従事され、最後は管理職となり、定年を迎えた。学校の組織を纏めるということは並大抵のことではない。さまざまの考えをもつ職員のリーダーとして、ご自身の考えを時には伏せ、時には自分の考えを理解してもらいながら、行動をとらなければならない。お互いの心を読み、理解しながら自己の主張をとがらせないように教職生活を送られてきたと推察する。

厳しさを要求される現実の生き様は懐にしまい、詩の中では「日常とは異質のふくらみや柔軟性」のある感性を表現したいという思いが広がる。「そのため心は詩的に／専ら詩的空間に自己を埋没させ／」る。「詩的空間」は岸本さんにとって、日常生活から離れた感性で描く空間である。事実、教職時代の作品は殆どない。厳しい職務を経験された岸本さんは敢えて、非情で満ちた現実を避け、「詩を生きる」のではないだろうか。

岸本さんは昭和12年生まれ、敗戦の時は8歳くらいの年齢である。8歳までの戦争体験はおぼろげではあるが、心の中に戦争の爪跡を残しているにちがいない。疎開の経験も詩に登場する。その時どのような生活だったかは、細かくは描かれていないが、親元を離れた生活は幼い心を寂しさいっぱいにしたことだろう。「平和の丘で」は沖縄、摩文仁の丘で平和の礎を目の当たりにして作られた作品である。

私の心を揺さぶったが

重い問いかけには即答できず

とある。このフレーズは傷口にはまだ痛みが残り、傷口を更に開くことはしない。深淵の井戸の底を描かずに「日常とは異質のふくらみや柔軟性を」詩の中に求め続けているのではないか。太平洋戦争時の特攻隊員が片道燃料のみを搭載して飛び立った、知覧飛行場へ旅した時の作品「開聞岳」では、特攻隊員の心や、隊員同士の支え合いなどを描く。

親子や故郷や
同期の飛行士たちとの
命をかけた絆の中で
人々が支え合い
愛し合う優しさと
意志堅固に生き抜く気概とを
美しい情愛を通して教えられたが

苛酷な戦争において、死を前にした特攻隊員の、「人々が支え合い／愛し合う優しさ」を見出したことは岸本さんならではと思う。筆者は若者の死をそのようには捉えられない。死を強要したことの不条理に向いてしまう。もちろん、岸本さんの戦争への思いは筆者と同様である。しかし、このような人間性をみいだすことで岸本さんは「詩を生きる」のではないだろうか。作品最後の「が」はさらなる自身への問いかけを余韻をもって描く。

岸本さんの詩群は読みやすいと冒頭に述べた。一因には詩のリズムが読みやすくし、作者の呼吸を感じ取るからだ。岸本さんは「詩の音律考」のなかで、「(詩は) 詩人の内奥にひそむ魂の叫びと見事に符合し、内部燃焼の一助ともなれば、」と述べる。詩人の「内在律」が作品のリズムを作り出す。岸本さんの内部で湧きあがる「日常とは異質のふくらみや柔軟性」を書かれた多数の抒情詩群を、必ず読者は内奥の心で受け止めるであろう。

「白雲」の志を生きる人
――岸本嘉名男詩・評論選集『碧空の遥か彼方へ』に寄せて

鈴木比佐雄

1

岸本嘉名男氏の十冊の詩集、歌謡詩篇、詩論四編などが収録された「岸本嘉名男詩・評論選集『碧空の遥か彼方へ』」が刊行された。特に初期詩篇集『彩雲』が冒頭に収録されたことにより、岸本氏の原点とその展開が明らかになり、その詩篇の特徴がより明らかになったように感じられる。『彩雲』の冒頭の「白雲」を引用する。

白雲

空は青空
その一隅に浮かぶ白雲一つ
あの雲もやがては群をなし
そして産物として雨をもたらさんか

我いま恰も一片の白雲の如し
広い世界にその片隅に存在せり
社会の友よそのいくばくか集らん
そして一つの偉業をなさんや

緑なす樹木の上に
悠々として浮かぶ白雲一つ
あの雲は何処《いずこ》へ去りて
また心ある人の目にとまらんとするのか

岸本氏は若い頃から書き継いできた詩篇群『彩雲』を一九九七年の五十歳頃に刊行した。この「白雲」を読んでいるととても味わい深く魅力的なことに気付かされる。この青年時代の志が四行三連の韻律を意識しながら、爽やかなイメージの中に宿っている。一連目の四行は、起承転結が展開している。「空は青空」の「起」から始まり、よく見ると「白雲一つ」が「承」として浮かんでいる。岸本氏は「白雲」という誰もが爽やかに見上げた「白雲」のイメージを指すだけでなく、一人の青年の純粋な真っ新な志が、集まってより大きな「群れをなし」ていくことを「転」としていく。そして「結」として「産物として雨をもたらさんか」と、多くの人びとのためになる慈雨のような、「産物としての雨」を降らさないかと呼びかける。「転・結」は高速に時間を経過させ飛躍させたり、もしかしたら想像力の世界かも知れない展開だ。

二連目四行では、岸本氏は長年教員を務めてきたので、子どもたちに呼びかけてもいいのだが、教師というよりも生涯書生のような「一片の白雲」であり、そんな無名の「白雲」である「社会の友」が集まって、「一つの偉業をなさんや」と呼びかけている。自然現象の中に個人の内面が溢れ出して、社会との関わりの中で他者と共によりよく生きていこうとする決意を「白雲」の中に込めようとしている。

三連目にはもう一度「白雲」に立ち還り、新たな気持ちで「白雲」を見つめている。すると異なる「悠々として浮かぶ白雲一つ」が浮かんでいて、「あの雲は何処へ去りて」と無常観のような思いを抱くのだ。しかし「白雲」を見つめている人がいることを信じ、志を同じくする「連帯」を感じて詩を終えている。その意味では岸本氏は「心ある人の目にとまらんとするのか」という他者の多様な感性に敬意を抱いている方なのだろう。そんな「白雲」は、個人の志が多くの人びととの共同作業で、何かを生み出していくことの素晴らしさを感じさせてくれる詩篇だと言える。

岸本氏の詩論の中に〈「詩の音律」考〉という韻を踏む「音律」の観点から詩を分析する試みがある。この「白雲」では、細かく見ていくと頭韻と脚韻と連続音がところどころに駆使されていることもわかり、岸本氏は、初めから「詩の音楽性」を意識して詩作を始めていたことが理解できる。また「白雲」の英訳「A piece of White Cloud」も自ら翻訳し、世界の人びとにも自らの韻を踏んだ英詩も読んでもらいたいと願っている。その意味では岸本氏は詩を愛し国境を越えていくバイリンガルな詩人だと言える。

2

岸本氏は「詩の音楽性」と同時に自己の志を出来るだけ平易で洒脱な言葉で書き記してきた。岸本氏のその他の詩集の中でも雲や空に関わる詩篇があり、それらを紹介しながらその詩的精神の在りかを辿っていきたい。

碧空

年の瀬に
碧空に出くわした
北大阪に有る大きな公園で
真っすぐイチョウの梢がぐーんと伸びて
少しだけ残っている葉っぱが
風に吹かれて喜んでいる
孫の砂いじりを横目に
ふと見上げた蒼穹だったが
私もまたすうーと吸い込まれるように
素直な透明な心になって
雲ひとつない大空へ
思わず手を上げ背伸びして
このままでいたい
いつまでも

（第一詩集『碧空』より）

岸本氏の中には「私もまたすうーと吸い込まれるように／素直な透明な心になって／雲ひとつない大空へ」と還っていきたいという願望があるのかも知れない。「碧空」の「雲ひとつない大空」を見上げていると、いつの間にかそこに入り込んでしまいたいという純粋な感受性がある。それゆえにこのような詩が生み出せたのだろう。

第二詩集『釣り橋ゆらり』から詩「平和の丘で」を引用する。

平和の丘で

風冴えて／哭《な》いている／／摩文仁の丘で／平和の礎《いしじ》を巡り／バンザイ岬の断崖／島守の塔を拝んだあと／ひとり広場にきて／この風に気付く／／琉球王朝以前から／太平洋戦争末期の破壊／戦後の目覚ましい復興の姿を／ずっと見据えてきた風だ／／海から丘へ／丘から空へと／駆け抜けながら／私の心を揺さぶったが／重い問いかけには即答できず／鳥肌の

立つおもいをした／二十世紀終わり頃の／一瞬の出来事

（第二詩集『釣り橋ゆらり』より）

この詩は沖縄戦で民衆を巻き込んだ悲劇の場所にある「平和の礎《いしじ》」のことが記されている。岸本氏は沖縄本島南部の摩文仁の丘やバンザイ岬の断崖などで感じたことを「風冴えて／哭《な》いている」と記している。沖縄戦で砲撃や集団自決などで死亡した十数万人の沖縄の人びとの半世紀以上前の慟哭を風の音の中に聞いてしまったのだろう。その風は「海から丘へ／丘から空へと／駆け抜けながら／私の心を揺さぶった」のだろう。

最後に第五詩集『さすらい』より詩「白い想念」を引用したい。「白雲」の志を抱く岸本氏は、様々な困難を抱えながらも、「今ひとときを生きる」ために、「白い想念」という純粋にこの世に存在するものたちと交歓する詩的精神を必要とする詩人なのだろう。そんな岸本氏の「邪念をすてて」、「碧空の遥か彼方へ」向かう多彩な詩篇を読んで欲しいと願っている。

白い想念

邪念をすてて
幾つもの山を越えて行けと
けなげな心が叫ぶ
空は青く
時節はずれの暖かさが
血行を良くし
身も心もなごませ
しばし安らぐ晩秋ひとり旅
紅葉・野焼き・里の鳥
色・香・音が微妙に交歓し合い
けわしい行方の怖さも知らず
今ひとときを生きる
この白い想念

あとがきに代えて――

2020年（令和2年）

正月が過ぎれば　初雪かなと
勝手な想像もしていたが
元旦に戴いた賀状の返信や整理
寄贈された詩集や書簡への礼状等に
時間をかけて日数を重ね
気が付けば、既に三月

悔いのない余生を送ろうと
年末から　日常の運動兼ねた
小遣い稼ぎの　ルートを見付け

かく言う今日は　空白の午後
今年欠けた賀状付詩を遅まきながら
「余暇の善用」にと考察し出す

近くの大正川は今《いま》黄色い菜の花盛り
両岸の桜は何故かいやに白っぽい
新型コロナ・ウイルスのせいか
空はどんより、気も晴れない

わが余生

引きこもる
暑さ寒さに
気のみがさわぐ
姿勢は殆ど変わらずに
決まった時間に昼食を
それが終われば
午後一時から
ＢＳチャンネルで映画鑑賞
やっと見終わり
夕食までが　わがデスク
窓越しに　外空を眺めては
文字を書いたり消したり
こんな余生律で
良いのかどうか

岸本嘉名男著作一覧

1 詩集『彩雲』 関西書院（平成八年二月発行）
2 歌謡詞集『道』（カバー付） 関西書院（平成八年二月発行）
3 研究『文学小論集』（新書判） 竹林館（平成十一年十二月発行）
4 評論『私の萩原朔太郎』（同・改訂版） 竹林館（平成十二年十一月発行）
5 詩集『碧空』（新書判） 竹林館（平成十二年十一月発行）
6 著作集（三部作、右記3、4、5の合本） 私家版
7 詩集『釣り橋ゆらり』 編集工房ノア（平成十五年十月発行）
8 詩集『四季巡る』 竹林館（平成十六年六月発行）
9 詩集『めぐり合い』 思潮社（平成十七年十月発行）
10 詩集『さすらい』（トレビ文庫） 日本図書刊行会（平成十八年九月発行）
11 詩集『見つめつつ』 北溟社（平成十九年二月発行）
12 詩集『早春の詩風』 思潮社（平成二十年三月発行）
13 自選詩集1『碧空のかなたに』 檸檬新社（平成二十年三月発行）
14 自選詩集2『白よ』 檸檬新社（平成二十一年一月発行）
15 自選詩集3『川生きて』 澪標（平成二十一年十二月発行）
16 詩集『詩を生きる Ⅰ〜Ⅲ』（文庫判） 日本文学館（平成二十三年八月発行）

17　評論『私の萩原朔太郎』（文庫判）　日本文学館（平成二十三年八月発行）
18　研究『文学の小径』（文庫判）　日本文学館（平成二十三年八月発行）
19　作品集『わが魂は天地を駆けて』　土曜美術社出版販売（平成二十四年三月発行）
20　詩選集『岸本嘉名男一三〇篇』　コールサック社（平成二十四年十二月発行）
21　詩集『なぜ社会とつながるのか』　土曜美術社出版販売（平成二十五年十月発行）
22　自叙伝風『うた道をゆく』　土曜美術社出版販売（平成二十七年五月発行）
23　自叙伝風『うた道をゆく（改訂版）』　土曜美術社出版販売（平成二十八年十二月発行）
24　詩集『光いずこに』　土曜美術社出版販売（平成二十九年九月発行）
25　詩集『詩《うた》ごよみ』　澪標（平成三十年九月発行）
26　詩・評論選集『碧空の遥か彼方へ』　コールサック社（令和二年八月発行）

〈作詞の部〉
1　音　頭『摂津音頭』　唄／藤みち子　SKC・8613
2　歌謡曲『さすらいレイン・アラウンド神戸』　唄／市川勝海　Crown TP-596
3　歌謡曲『沖縄の女』　CD「沖縄・心の唄シリーズ1」に収録　SAPS-1

著者略歴

岸本嘉名男（きしもと　かなお）

一九三七（昭和十二）年十二月四日　大阪府池田市に生まれる
関西学院大学大学院修士課程卒業
摂津地区保護司（平成二十七年一月二十四日　定年退任）
関西詩人協会会員
前桜町自治会会長
元関西外国語大学短期大学部教授
大阪府立学校退職校長会（春秋会）会員

自宅　〒566－0032　大阪府摂津市桜町一―一〇―一四

石炭袋

岸本嘉名男 詩・評論選集『碧空の遥か彼方へ』

2020年9月16日　初版発行
著者　岸本嘉名男
編集・発行者　鈴木比佐雄
発行所　株式会社 コールサック社
〒173-0004　東京都板橋区板橋 2-63-4-209
電話 03-5944-3258　FAX 03-5944-3238
suzuki@coal-sack.com　http://www.coal-sack.com
郵便振替　00180-4-741802
印刷管理　（株）コールサック社　制作部

装画・カット　戸田勝久　　装丁　奥川はるみ

落丁本、乱丁本はお取り替えいたします。
ISBN978-4-86435-444-8　C1092　￥2700E